ブッダのお弟子さん にっぽん哀楽遊行

タイ発――奈良や
京都へ〈影〉ふたつ

笹倉 明
プラ・アキラ・アマロー
Phra Akira Amaro

佼成出版社

ブッダのお弟子さん にっぽん哀楽遊行

タイ発――奈良や京都へ〈影〉ふたつ

笹倉　明

プラ・アキラ・アマロー

目次

イラスト／eiyu-pro（むらこし・えいゆう）
装丁／福田和雄（FUKUDA DESIGN）

まえがき

ここに記すのは、私がタイ国、チェンマイの古寺にて出家して一年が経つ頃と、それからさらに一年半余りが経過した頃、寺の副住職（アーチャーン〈教授の意〉と呼称）と連れ立って日本を旅した記録です。年代でいえば、二〇一七年春（四月中旬）と、翌一八年秋（十一月中旬）ということになります。

ただ、私自身はそれぞれ一ヵ月余りの日本滞在で、アーチャーンを空港に見送った後は、故郷での用事やご無沙汰をしている人に会うなどして過ごします。その部分は、仏弟子ふたりの片割れ、私ひとりの個人的な旅（むろん、それまでの旅の中身と関連している）ということになります。

一つの体験を記録文学として成立させるためには、だいたい五、六年かかるとは、かつて学生時代の恩師が述べていたことです。私のこの作にも、それくらいの年月をかけてもいいのではないかという思いから、旅の後は落ち着いて腰を据えたのでした。時間とともに熟成するもの、認識を新たにすること、というのはあるもので、日誌にしてある旅の記録から、テーマにふさわしい部分を抽出していく作業は、やはりそれ相当の時間がかかるような気がします。

但し、旅の記録がベースである以上、小説作品のようなわけにはいきません。そこはリアルに、実際にあった出来事を通して述べていくほかはなく、雑然とした内容にならざるを得ないと思われます。が、総じていうならば、やはりテーラワーダ（上座部）仏教という、釈尊（ブッダ＝釈迦牟尼世尊の尊称）が開祖である原始仏教の法、戒律などがいかなるものか、その仏弟子とはどのような存在か、ということが旅の底に流れているものだろうと思います。

つまり、ふたつの旅を通して、私が属する仏教に関わる形で、戦後日本と日本人の姿が、いくつかの例をもっておのずと輪郭を現してくる、といったものにできるならば、目的の一つは果たせたといってよいかと考えます。わが国がこの前の戦争でこっぴどい敗戦（昭和二十年八月）を経てこの方、その後遺症的歳月がすなわち私たちの世代の年齢とほぼ同じであることには意味深いものがあるはずです。

パーリ語の「影（チャーヤー）」とは何かといえば、テーラワーダ仏教ではそれが僧の原語であり、その類別詞（ループ＝姿）ともなっています。僧は「人（コン）」ではなく「姿（ループ）」であり、従って、アーチャーンと並んで歩くと、ふたつの影もしくは姿であるわけです。が、その姿カタチとはいかなるものか。私の場合、それは戦後の歳月と重なる、自分の人生の過去（＝影ともいえる）、すなわち数知れない因果のめぐった来し方としています。それを公私ともの観点から解き明かしていくことも、むずかしいけれど大事なテーマとして扱います。

また、日本とタイの（とくに仏教に関わる）文化や国民性の違いなどにも折に触れて述べることになります。これも、ひとりのタイ僧を連れて歩くことで（かつ日本を異国としてみることで）おのずと気づくことになる事柄であり、その他の私事に関する話とともに、わが国の問題を浮き彫りにすることもあると思います。ユーモラスな話もあれば、深慮すべき話題もあって、それやこれやのごった煮もの語り、といったところでしょうか。

私が旅に掲げた標語は、過度を戒める落ち着きと、集中と気づき、といったものでした。老僧ゆえに無理をして疲れすぎないこと、不注意による事故を起こさないこと、一挙手一投足に気づいていくこと、等です。おそらく漂流的な日々となるであろうことと、大切な旅の連れを伴っているため、よけいにその点に留意したのでした。

そしてもう一点、つけ加えておきたいのは、二度目の旅は最初のそれを踏まえていること、つまり、二年続きの旅は前編と後編のように、互いに関連していることです。一度目の旅で述べ足りていない部分は二度目で補い、すでに最初の旅で述べている事柄は大事なこと以外、二度までのくり返しを避け、一連の紀行とする方針で進めていきます。また、私の他の作品に描いたことでも必要（不可欠）と思われる内容は重複させながら、しかしそれにも違った視点や新たな考えを加えるほか、その後の成り行きを加味するなどの配慮をしていくつもりです。

なお、蛇足ながら、文中で記すところの「仏教」の意は、古代インドで釈尊（ブッダ）が説いた原始仏教、テーラワーダ（上座部）のそれを指し、その他の「仏」を持つ語彙についても同様です。むろん、わが国の仏教界においても、その教えの本質において同じである会・派があることは、この稿にとって都合のよい点としておきたいと思います。たとえ異なる部分が（とりわけ戒律の面では）あるとしても、それはそれとして興味深く眺めていただければと願う次第です。

また、文中における経はむろんパーリ語（テーラワーダ仏教の公用語）ですが、その他の語彙（地名、人名等）も原則としてパーリ語（一部タイ語）のカタカナ転写とするため、わが国の仏教で使用されるサンスクリット語の転写とは似て非なるものがあることをお断りしておきます。

ではまた、あとがきで――

＊文中・敬称略。

第一旅　アーチャーラ・コーチャラの奈良、京都、そして

1

キャンセルはできないのか、と口ぐせのようにアーチャーンはくり返した。顔を合わせる度に、まず飛び出すのがそのセリフで、キャンセルしても支払い済のお金は返ってこないと知ってからは、それが不思議なことのようにいうのを何遍《なんべん》も聞いた。

この度、日本行きの航空券を買って以来のことで、キャンセルできない理由について、格別に安いチケットであるため、と説明してあった。が、それが私の師には納得できない。俗世の商売とはそういうものだということが、ピンとこないらしいのだ。

加えて、まだ気持ちの上で迷っている部分があるからにちがいなかった。迷いの原因はただ一つ、母親が反対していることだ。

私はそれを聞いて、なるほど、とうなずいた。息子が日本へ旅行するのに反対を唱える母親の気持ちは、そんな危ないことはするな、というものだった。けれども、それを一笑に付すことができないのは、母親の意見は絶対、というタイ社会の常識があるからである。その背景については、古来、本質的に母系社会であることとは別に、育ててくれた親を敬い、感謝すべきことを教えとして日常的に説かれていることが大きい。

心配は命を縮める、などとアーチャーンはいって笑う。タイ北部、パヤオ県の田舎で暮らす母親の耳に入るのは、大地震で膨大な被害、犠牲者が出た話とか罪もない人を何人も無差別に殺す人がいるといった怖いニュースばかりであってみれば、反対されるのもやむを得ないと理解すべきだろう。場合によってはキャンセルもあり得るという、いわば心変わりの余地を残しているのだった。

姉が一人のふたり姉弟《きょうだい》である。ために、もしものことがあれば大変だというのはもっともな親心だ。とうに親元を離れて三十五歳（満）になってはいても、たった一人の息子に変わりはない。若干二十六歳になろうという年に副住職になった無上の宝ものなのだ。

聖なる財産、という経の題目があるけれど、法名である〝ワチラパンヨー〟は、ダイヤモンドの知恵、という仏教においては最高の意味を持つ。ゆえ、それに傷をつけるわけにはいかない。となると、私にもプレッシャーがかかってくる。今回の旅は見合わせる、ということになれば、残念だけれど一方でホッとするかもしれない。

ただ、せっかく予約と同時に支払った二人分の航空券が無駄になるのは、やっぱり惜しい。日頃、非常なお世話になっていることへのお返しに、行ってみたいという奈良、京都を案内することは、何とか無事にまっとうしたいと思っていた。

この度、出家以来、はじめて一ヵ月余りの帰国が私に許された。そのうちの九日間という二人で過ごす日程は、タイ人の最も好む数、9《カオ》からの設定である。

チェンマイを起点にバンコク経由、大阪・関西空港行き――。むろん、一切の贅沢が許されない僧らしく、最安値の航空会社を選んだ。これ以上、安い飛行機はない、と私がいうと、アーチャーンはいつものほのかな笑みを浮かべて、それでいい、という。いや、そうでなければならない、と念を押すようにくり返すので、だから、キャンセルはできない、と私も言葉を重ねた。

俗世では、ついぞ会ったことのないタイプだった。その姿は、顔立ちからしてただ丸く穏やか、上背はないが胴体はがっしりしており、とくに脚がずっしりとして、まるで象のごとし、といっても大袈裟《おおげさ》ではない。少年僧として托鉢に歩き始めたのが十一歳の時。その後、規定の二十歳になるのを待って正式な得度をして以来、十五年ほどの歳月が流れた。その間に、かくも太く頑丈な脚になれるものかと感心する。毎朝の裸足の歩きがもたらしたカタチにちがいなかった。ほのかな笑みもゆったりとした物言いも、象にそれが表せたならそのようであろうと思わせる、タイ僧にふさわしい姿なのだ。

タイ語のアーチャーンは、「教授」を意味する。週に三日ばかり出かける仏教教育の現場、中学・高等学校の生徒たちからもそう呼ばれている。私にとっては、出家の翌日からさまざま教えを授かってきた貴重な師だ。それを授業料に換算すれば、もう十分に日本行きの費用くらいにはなっているはずだった。

＊

出発まであとわずかとなった日——、アーチャーンは私を呼びつけて、一足のサンダルを見せた。なかなか立派な、底の厚い鼻緒も頑丈そうな一組《クー》で、どうしたのかと問うと、母親が送ってきた、という。

おォ、と私は声を放った。やっと許可《ゆるし》が出たのだ。反対しても無駄であるとあきらめて、次にはサンダルを贈る母心が胸に落ちる。足元に気をつけよ、という意味もあるはずだけれど、それよりも、息子がいつも履いている、パヤオ（県）へ帰省した時に目にする黄色いゴム草履では恥ずかしい、可哀想だという理由もあるにちがいなかった。

日本へもゴム草履を履いていくつもりだったアーチャーンは、いささか困ったような顔をして、

「このサンダルではダメかね？」

と、尋ねる。三十九バートだった、と値段（一バート＝約三円〈当時のレート〉）まで口にして、それ以上の安値はないはずの、薄っぺらいのを指して問うのだ。

テーラワーダ僧の心得としてある、必要最小限の精神は足元にも及び、高そうなサンダルを履いている僧は（住職を除いて）まずいない。衣食住にわたってそれはいえることで、

贅沢の戒め、徹底した欲の否定に通じるものだ。
「それでもいいけど、せっかくだから……」
こちら（母の贈りもの）、と私は指差した。

2

私のことを教授、アーチャーンは〝トゥルン〟と呼ぶ。北部タイにかぎって使われる方言で、老齢（ルン）の僧（トゥ）、老いた僧の意である。自分の親くらいか、それより上の僧への呼称だというが、実際、私の齢はアーチャーンの倍に近い。

だが、僧の位階は私よりはるかに高い。ゆえに、私は師と仰ぎ、その指示、言いつけを聞かねばならないのが原則である。とはいえ、自分の母親と同年齢の老僧への敬意も少しはこもっているようだ。

出会って間もない頃、六十七歳の出家というのは聞いたことがない、と話したことがある。一般的な公務員の引退年齢、六十歳なら（私企業では五十五歳が通常の定年）、人生の再スタートとして念願を果たす人がいるけれど……、と珍しそうにいわれたものだった。

老い過ぎてしまうと、修行に適さないとして出家できないことは知っていた。はっきりと出家資格から外されているわけではないが、やっていけるかどうか（修行に耐えられるかどうか）、見た目から判断されるらしい。私の場合、ぎりぎりセーフの最高齢、といったところだったにちがいない。

「ラッキーだったね」

チョーク・ディー、とアーチャーンは折にふれていう。

近年は、僧の成り手が少なく、どの寺も不足がちだ。わが寺でも空いている房がいくつかある。が、私のような異国人の高齢者が受け入れられたのは、やはり幸運だったというべきだろう。住職が親日的な人だったことと、これは後で知ったことだが、私が日本ではモノ書きであることも影響しているらしかった。こちらの仏教では、モノを書いてそれを世に出すのは高僧のやることで、価値のあること、とみなされる。いわば人々に布施をする、つまり知識の提供をして「徳（ブン）」を積んでいるようなもの、とされるわけだ。

その昔、大学時代の恩師が、作家はいい仕事（職業）だからぜひ頑張ってなるように、と励ました。十年やり続ければ何とかなる、と。その言いつけを守ったことが波乱の人生の幕開けとなったのだけれど、最後の土壇場では、わが身を救うことになったのかもしれない、などと思った。

とはいえ、何ゆえにいまさら僧なんかに……、というのが皆の正直な感想らしく、アーチャーンにも聞かれた。

とても一言では表せない、一身上の込み入った顚末があった。仏教的にいえば、いろんな「法」を持ち出すことができそうだが、人が最後まで捨てきれない生存欲、まだ当分は生きていたいがための選択だった。巡りめぐった因果の歳月に決着をつけるためであり、失敗や間違いの多かった人生に、その終盤に、生半可ではない決意が私には必要だった。今回の帰国の旅もその延長線上にあって、来し方を顧みるものになる、という気がした。

いずれにしろ、出家は六十代の後半に訪れた人生の、たくさんな因縁、因果が隙間なく連なり、ついに迎えた極みの一手であり、自慢できるような話は一つもない。

そこで、とりあえず、

「父母の供養（タキシナー）のため」

そう答えると、これは文句なしにアーチャーンの口から「オーケー」が出た。

まるで伝家の宝刀のごとしで、それへの問い返しはなかった。

息子の出家は、存命中の両親はむろん、あの世にいる親へも最上級の徳（ブン）を贈ることになる、というのがタイ仏教の伝統精神であるからだ。つまり、息子を仏門に送り出すことは（とくに母親にとっては大きな歓びだが）、寺院を建てることに次ぐ高い徳、いわば最高の布施（ターナ）に相当するといってよい。

そういえば、今年は本来なら、母の十三回忌をしなければならない……。

私は、ふと思い出した。

父のそれはやり過ごしてしまったけれど、できることなら、この機に一緒にやってしまおう、と考えた。息子が〝アマロー〟なる法名をもつテーラワーダ僧となったのだから、その手法でやっても故人に不服はあるまい。しかも、今回の旅の定宿《じょうやど》とするのは、母親が生まれ育った故郷、奈良の家なのだ。

そのことをアーチャーンに話すと、即座に、

「それはいいことだね」

と、返してきた。ひとつ自分の役目ができたことを大いに喜んで、いくつか持っていく物があるから準備をしよう、と声音に弾みをつけた。

3

出発に際して、私のなかに一つの悩みといってよいものがあった。僧のあるべき姿カタチ、姿勢に関してのものだ。

たくさんの戒律には、衣についても細かい規則、決まりがある。たとえ厳しいものでも守ってきたが、どうしても馴れることができないものがいくつかあるのだ。何といってもまだ新米僧（ナワカ）であるから、やむを得ないともいえるが、そのうちの一つが立ちはだかった。

今回は飛行機に乗るため、それも長旅であるから、それがよけいにつらい。つまり、極度の寒がりで冷え性である私は、いくら機内に暖房が焚いてある（これがないと乗客は上空で凍え死ぬ）とはいえ、なお寒く、恨みたくなるほどだった。であるため、在家の頃はいつも厚着をして凌《しの》いできた。

ところが、それができそうにない。というのも、腰巻（サボン）の下にはいわゆる下着なるものをつけることができない、という戒があるからだ。衣についてのもので、何であれ在家者的なものを身に着けることは避けねばならない。ふだんから、私服はむろんパジャマのようなものをつけるのはご法度であるのと同じ理《ことわり》だ。

ために、足腰がさぞかし冷えるだろう、と容易に想像できる。古代インドの釈尊は、まさか二千五百余年の後に、高度一万メートル余を飛ぶジェット機なる乗り物を僧が使うことになるとは想像もしなかったはずだから、この戒はいまの世相に合わせて変えてほしいものだけれど。

それでも、一応アーチャーンに相談してみよう、と決めた。出発が迫った日、手持ちのズボン下で裾の短いのを見せて、これなら穿《は》いてもいいだろうか、と尋ねてみた。もはや我は老僧であり、機内の寒さには「耐えられそうにないから」と言葉を添えた。

　すると、一つ唸り声を発したアーチャーンは、しばらく頭を垂れて考え込んだ。そして、やっと顔を上げると、

「在家には見られないように」

と、条件をつけた。

　しぶしぶの許しだった。戒に違反しているとはいえ、罰則はない「微罪」の内だからだろう。が、熱心な信者のなかには、その戒を知っている人もいるから、チラとでも見えるとまずい、ということらしい。

　それはともかく、新しい年が明けて早々の、いわば心新たに出発すべき日に、さっそくの違反は気がひけた。

　その年（仏暦二五六〇年〈西暦二〇一七年〉）、タイの新年（年明け）は、四月十六日午前六時四十六分四十八秒、であった。ソンクラーン祭がその前日まで三日間続いた後、太陽が魚座から牡羊座（白羊宮）へとすっかり入り終える、その刻限をもって年始めとするわけだけれど（ソンクラーンとは十二宮を「出入りする」の意で一巡りすると一年。タイ正月のそれは正式には大《マーハー》ソンクラーンと呼ぶ）、一定の周期をもって、十五日が十六日へとズレ込む期間がある。そのことは国民でさえ知らない。十五日が新しい年の始まりだと思ってい

る者が多い、とアーチャーンは話した。

そんなことより、ソンクラーン（水掛け）祭を楽しく大騒ぎで過ごせばそれでよい。タイ正月（ソンクラーン祭は一月一日の「新正月」とは別にあったタイの「旧正月」を兼ねる）は、太陽暦に基づく不動の三日間ということになっているのである。しかし、天文学は正確に時を告げており、知る人ぞ知る、わが寺院ではきちんと十六日の早朝に在家信者の新年の集まり――「ワンプラ（仏日）」（お寺参りの日〈月に四度の月齢――上弦・満月・下弦・新月〉を持ち、いつもより丁寧な勤行が執り行われた。

その日は、ちょうど母親の命日にも当たっていた。誕生日は一月二日であったから、母は日本の正月に生まれ、タイの正月に没したことになる。

＊

実は、アーチャーンにも一つ悩みがあった。母親からのものに続いて、在家の信者から次々とサンダルが献上されて、合計四足にもなってしまったからだ。副住職の足元がよほど貧しげに見えていたのか、日本へ行くと聞いて皆が考えたことは同じで、もう少しマシなものを、ということであったようだ。いまにも鼻緒が切れそうなゴム草履では心配だというわけだろう。

いずれ劣らぬ四足を前にして、またも私に、どれにしたものだろうか、トゥルン？　と、相談をもちかけた。誰もが自分の献上したものを履いてくれるかどうか、気にかけているはずだから、と。

在家の目——、それは決して無視できない、いや大いに気をつけて過ごすのがテーラワーダ僧の習性となっている。腰巻の下には何も着けない決まりもそうだが、アーチャーンを見ていると、そのことがよくわかる。立ち居振る舞いの一つもおろそかにしない、その努力を怠れば、僧に対する人々の敬意が失われる。民衆の布施で成り立つ仏教そのものの存続に関わる問題であるからだ。

しかし、私はこの時も迷うことなく母親のものを指した。それがいちばん履きやすい、ぴったりのものだというから、なおさらである。アーチャーンはなおも決めかねて、溜息をもらした。

僧の行儀作法と、戒に沿った正しい行為、行動のことを、パーリ語で〝アーチャーラ・コーチャラ〟という。日常の経にあるその章句がおもしろくて、私は気に入っている。日本語のアチラ・コチラと似ているためで、その意味を説明すると、アーチャーンもおもしろがって、私との合言葉のようになった。

出発の日にも、それを口にして、

「温泉（ナム・プー・ローン）へは行かないからね」

ほのかに笑みを浮かべていう。日本のことを少しは知っていて、人が寄り集まって酒を飲み、女人を交えて騒ぐところ、歓楽地へは行くべきでない、というわけだった。それだけでなく、人が大勢いるところ自体を避けるべきとされるのが、テーラワーダ僧の〝コーチャラ（正しい行動）〟なのだ。〝アーチャーラ（正しい行儀作法）〟については、日常の所作のあれもこれもといってよいほど沢山の戒がある。

そこで、温泉好きの私はこの点でも昔と縁を切り、湯欲なるものを遠ざけねばならない。僧房には、屋上に汲み上げられた井戸水しかなく、寒季には震えながら冷水を浴びることになる。温水シャワーなど望むべくもないから、帰国した日には久しぶりに……と考えたのは浅はかだったか。ただ温かい風呂を求めるくらいは許されそうだが。

そんな思いにふけっていると、いささか淋しいものが兆してくるのを感じた。が、それも水に流して、アーチャーンを敬う在家信者（ヨーム）の運転する寺の車でチェンマイ空港へと向かった。

4

手ごわい敵は、到着後の日本にあった。機内では、どうにか寒さを凌げたものの、関西空港に降り立つと、思いがけない冷気が足元から這い上がってきた。

帽子を持ってこなかったことが悔やまれた。寒季の托鉢で在家から献上された、暖かい毛糸帽が四つもあったのに、それを手にすることまで気がまわらなかった。腰巻を二枚重ねて着けることにして、ズボン下は結局、カバンにしまってあったし、剃って間がない坊主頭も冷気を受けて冷たい。四月のわが国がまだ寒いことは知っていたけれど、長く無沙汰をしているうちに、実感が薄れてしまっていたのだ。

それに、戒として夕食がとれない。機内では、よい匂いが隣近所から漂ってきたが、アテンダントからホット・コーヒーの献上を受けたにすぎない。ために、夜遅く着いたときには空腹感の絶頂にあった。足元をふらつかせながら、傍《そば》のアーチャーンを気づかったが、しっかりと母のサンダルで地を踏んだ象の脚は揺るぎもしない。寒くない、お腹も空いてない、というから若さゆえか、いや修行の差だろう。肚《はら》の座り方が違っているのだ。

天王寺駅で乗り換えるため、奈良まで行ける列車へと急いだ。階段を上り下りして、やっと間に合った。途中、信号機が誤作動か何かで遅れが出たけれど、接続の最終ということで乗り継ぎ客を待っていた電車へ、どっと駆け込む人々にまぎれた。

そのなかに女性が混じっているので、アーチャーンは何とかして逃れようともがいた。顔面が凍ってみえた。試練が突然、こういう形でくるとは思わなかった。

僧をみると女性のほうが即座に身を除《よ》けてくれるタイとは違う。ここは日本なのだ。金赤の上衣（チーウォン）に遠慮なく密着してくる女性に、アーチャーンの顔はますますこわばり、いまにも破裂しそうだ。申し訳ない……と、私はまさかの有様を詫びた。最安値の行き方を選んだことで受ける、やむを得ぬ代償か。

各駅を過ぎる度に人が減ってゆき、やっと席が空いたので、座るように、とアーチャーンにすすめた。が、一つゆるりと首を振り、ほのかな笑みを浮かべたアーチャーンの顔には、隣が女性だから、と書いてあった。

帰国すると、たちまち戒に無頓着になっている……。

そのことに私は苦笑しながら、白髪交じりの年かさの女性が次の駅で降りるまで、目の前の空いた席を眺めていた。

*

奈良駅がすっかり変わっていた。改札を出てからは、右も左もわからない。見慣れたはずの景色が異郷のものになっていて、三条通りはどっちですか、などと二度も人に尋ねてやっとその入口にきた。

晩年の母は、認知症という老化現象に陥った。が、サンジョウ通りの名には反応したことを思い出す。ある時、私が奈良へ行ってきたと告げてその名を口にすると、どうしてアンタが知っているの？　と、不思議そうに問い返したものだ。子供の頃から知っている、と答えても納得しなかった。いまの奈良女子大学には旧制の女子高等師範学校（通称・女高師）時代の校門がそのまま遺《のこ》されているが、その写真を見せたときも、どうしてアンタがこれを持っているの、とさらに驚いてみせた。

昭和の初期――、特高（特別高等警察）のアカ狩りで、母は社会主義に関する蔵書のすべてを捨てたという、が、捨て切れなかった友人は逮捕され行方不明になった。小林多喜二のような有名な人ではなかったから、獄死して闇に葬られてしまった可能性もあるという。大切な親友だったと涙ながらに話したことがあるけれど、不穏な戦雲の下、いかに深く青春の記憶が刻まれているかを証していた。

ともあれ、三条通りの、これまた立派になった舗道をアーチャーンとふたり、並んで歩く。寒いので知らずと私は速足になる。すると、トゥルンも日本人だね、などという。ここに来る途中、あちこちで、ひどく速い、駆けている人もいることに驚いていたからだ。

「どうしてあんなに速く歩くんだろう?」

と、不思議そうに問うのだった。にわかには答えられない、私にもよくわからないことの一つになっている。

近鉄の奈良駅からもほぼ同じ距離にある町だった。小路の端、奈良独特の、間口は狭いが奥行きのある長屋風の、お隣さんと玄関を連ねて建つ一軒である。

母の生家で、一時は四人ほどが住んでいた。最後にのこった母の姉、私の伯母の死後、誰も住む人がいなくなった家を、大学時代をそこで過ごした私の姉（長姉）が、相続権者それぞれにお金を払って自分のものにした。ところが、姉自身は夫と共に愛知県に住んでいるから、たまにしか来ない。そこへ私たちが入り込んで、しばしの住まいとさせてもらうわけだ。

お寺の出であった祖母は浄土真宗だったが、壁に小ぶりの仏壇が埋め込まれて有るにすぎない。伯母の没後はそこを訪れて経を唱える人もいなくなっていたから、事実上、お継ぎは絶えてしまっていた。

このほど故郷（兵庫県）の家から、そこに住み始めた息子に命じて送らせた父母の遺骨が、翌日の朝には到着するはずだった。私がそれぞれの葬儀で、お骨拾いの際に一つ、こっそりとポケットに入れたものだ。小さな骨箱に、父のものと共に取っておいたのが思いがけず役に立つ日が来たのである。

用意したモノとしては、ほかに小さな仏像（私は日曜日の生まれなのでブッダの立ち姿）、蠟燭《ろうそく》、線香、そしてサーイシン（聖糸）なる木綿の縒《よ》り糸。これは九本の細い木綿糸を縒り合わせたもので、いろんな仏事に使われるタイ仏教独特の風習である。その糸を仏像に巻きつけ、かつ僧の掌の親指と人差指の間を通し、しかる後に経を唱えれば、霊験あらたか、というわけだ。聖糸は霊糸とも呼ばれる。正月などの特別な日は、本堂の天井に（あるいは屋外に設けた各座席の上方に）碁盤目状に張り巡らし、一本ずつ垂れ下がらせたその糸玉をほどき、在家は個々にグルグルと頭に巻きつける。そうして僧の読経を聞けば、やはりその効用が増すという、いわば土俗的、呪術的な要素がタイ仏教には入り込んでいるのだ。

それぞれ供養のために必要な道具だが、彼の国では十三回忌のような長いスパンのものはない。炉《やきば》を持つ寺院や市の施設で火葬した後、遺骨は舟をチャーターして行う流骨式という名の儀式でもって河へと流し、墓もない。タイ人には中国人や西欧人（キリスト教徒）のような、いわゆる墓地がないことを知る人は少ない。大きな寺院には、境内の一部に遺影と姓名を埋め込める壁や塀があり、寄進と引き換えのそれが墓の代わりをするくらいのものだ。

葬儀は、参列者の都合で選べるよう、三日から長くて五日間ほど営まれ、その後の法要は、七日、十五日、五十日、百日（最重要）、とやってお終いである。流骨式という最後の大事な行事は、百日前後に執り行われることが多く、私は在家であった時代に三度ばかり経験している。つまりは、三人ほどの大切な異国の知友を失くしてしまったことになるが、それだけ自分も歳をとったということだろう。

遺骨、遺灰を河へ流した後、とっておいた一部を家に祀って永く合掌することは行なわれている。ブッダの遺骨も火葬後に八ヵ所に分骨された後、後世にはさらに分配されて、その数も定かでない多くの仏塔《チェディ》（ブッダの遺骨〈仏舎利〉が納めてある信仰の象徴）が各地、各国に造られていったのだった。

その日は明日か、それとも少し落ち着いたところで明後日か、夕刻からの勤行となる。風呂はあるが、アーチャーンは入らなかった。薬を入れると温泉になる、というと、あっさりと首を振って、

「温水シャワーで十分だよ」

ほんのりと笑っていい、茶色の腰布（パー・アブナム）を巻いて湯を浴びた。素裸では浴びないのが僧のアーチャーラ（正しい行儀）で、ここでもそうするというので、私はまた一つ、違いを感じた。

その僧の行儀は、これまで誰も教えてくれなかった。ただ、それは戒ではない。古代インドの時代には、野外でつよい驟雨《しゅうう》に打たれながら水を浴びることがあり、そのための腰巻布だが、その習慣が伝統として遺されているのだという。

湯を浴び終えたアーチャーンは、右側の上半身が斜めに出るアンサ（肌着）とサボン（腰巻）をきちんと着けた。寝るときもそれを外すことはできない。そういった細かい規則は、いくらテーラワーダ仏教について学んでも、実際に出家して生活を始めるまでは知ることができなかった。

二人ともアンサの下には厚めの綿シャツ（色は茶系）を着けている。チェンマイの寒季にはそれを必要とするために許されているのだが、アンサの上に、これも厚手のショール

をまとったアーチャーンは、やっと一息つけたようだ。

代わって、私が風呂に入る。たちまち、よみがえる心地がした。全身の細胞という細胞に湯のぬくみが行き渡るようだ。何年ぶりの湯か、みずからの血がまぎれもない日本人であることを思い知らせてくれる。長寿国であることの秘密は、ここにあるのではないかという感想まで抱かせる。井戸の冷水シャワーに馴らされた身体が、あまりの快さに驚いていた。

おやすみ（ラートゥリー・サワ）をいって、二階へと上った。アーチャーンの布団を先に下ろして居間に敷いたのは、その狭くて急な階段から墜落されては困るからだが、これも奈良の長屋風建築の特徴だった。

寝るときは、さすがにズボン下も許してもらった。が、表の形はアーチャーンと同じでなければならない。それが、在家のように好みの衣を着けるわけにはいかない、仏弟子（サーワカ）たる者の義務なのだ。

5

老人が多いね、というのが奈良の街を歩き始めたアーチャーンの感想だった。加えて、小さな車が多いことだ。軽自動車というものだが、なるほどひと頃より多くなった気がする。

私が気づかない、正しい観察眼だ。むろん車の税金や燃費に関わる話であることなど、アーチャーンは知らない。高齢化社会になってきたのはタイも似たような事情だが、小さな車は老人にこそふさわしいといえそうだ。

朝方は、摂氏十度くらいまで下った。が、「中」の温度で点《つ》けたままにした暖房のおかげでよく眠れたというアーチャーンの足取りは、のっしり、ずっしりとしながらも軽いものだ。

そして、しばしば私の腕をとった。向うから女性が歩いてくると、自分のほうへ引き寄せる。衣が女性のそれに触れないよう、気を使ってくれているのだ。その点、私には、衣くらい触れてもいいじゃないか、という気持ちが未だどこかにある。ために、どうしても甘くなってしまうのだった。

途中、コンビニに入って抹茶の小さなボトルをふたつ買った。お札を出すと、レジの女性がお釣りを差し出した。それを受けとった私の傍《そば》で、アーチャーンが突然、あッ、と奇声を放った。

驚いた拍子に釣り銭の十円玉を床に落とした。衣と衣がダメなくらいだから、手と手も当然ご法度である。女性からモノを直接受け取ることは、いかなる場面においてもできない、という掟をすっかり失念していたのだ。これを「帰国ボケ」と私は名づけた。チェンマイのコンビニ（一般に「セブン」と呼ばれる）では、心得た女性店員は、お釣りをしっかりとカウンターに置いてくれる。ために、間違いの恐れはないのだけれど……。

「アーチャーラ・コーチャラ……」

歌うようにアーチャーンはいって、ほのかに笑っている。

〝パースィタミタン　テーナ　パカワター　チャーナター……〟云々と始まる経は、仏弟子の一人が釈尊の言葉を居並ぶ皆の僧に伝える形をとっている。〝サンパンナスィーラーピッカウェー　ウィハラタ　サンパンナ　パーティモーカ　パーティモーカ　サンワラサンウター　ウィハラタ　アーチャーラ　コーチャラ　サンパンナー……〟

要するに、二二七戒律を守る僧らしく、たとえ罰則がない微罪のうちといえども、行儀作法をよく学び、僧らしい行為、行動をとることを忘れてはならない、といった内容である。寺の本堂で毎夕、先導する住職がしばしば選ぶ経の一つだ。

まずは、東大寺をめざして坂道を辿る。奈良公園と興福寺と猿沢《さるさわ》ノ池《いけ》は後まわし、と考えていた。が、公園の傍を通りかかると、アーチャーンがタブレットに表示されている時刻をみせた。すでに十一時を回っている。

昨夜は寝るのが遅く、道中の疲れのせいで寝坊をした。到着した父母の遺骨を宅配便で受け取った後、朝飯も遅くにすませて出てきたから、さほどお腹は空いていない。が、正午の刻限までにその日最後の食事を始めなければ、これまた戒に触れる。ために急遽、予定を変更して、公園への横道に逸れた。

鹿が黄衣に刺激されて攻撃してくるのではないかと警戒した。犬にはしばしば吠えられるためだが、それはなく、代わりに人の視線が集まってきた。変わった生きモノが歩いている、あれは何者か、というわけだ。見てみぬふりをするのが大人で、露骨に興味を示すのが子供である。

折から修学旅行シーズンが始まっていた。興福寺周辺は子供たちの群れ、行列で、とくに小学生の視線は素直そのものだ。私たちを仏像なみに注目するのだ。あざやかな橙色の衣は、ウルトラマンか何かのようであるらしい。手を振ってみせる者、こんにちは、と声をかける者、ひそひそと言葉を交わし合う者、表情はまちまちだ。ふだんから子供たち（教えに出向く幼稚園から高校生までの生徒）に人気のあるアーチャーンは、その一群れに入って私がカメラのシャッターを切った。とたんに、引率の女性教員が不愉快な顔をして、インターネットなんかには載《の》せないでくださいね！　と釘をさすようにいった。いったいどういう神経なのか、ここでも未知の異国に来たような心地をおぼえた。

そうこうするうち、また時間が経って、十二時まであと十五分——、興福寺境内から猿沢ノ池へと階段を降りていく。アーチャーンがまた腕をとってくれる。その目的は女性との接触を防ぐために加えて、三十九バーツの粗末なゴム草履より少しマシな造りの編んだ草履を履いた私、トゥルンこそ危ない、と転倒を気づかっているのだ。

実際、私は階段を下りる際のほうが危険な年齢になっている。寒い頭より冷たい足元、下半身に要注意なのだ。

子供の頃から馴れ親しんだ道（夏休みには必ず来ていた）、三条通りには、アーチャーンが食べてみたいという日本蕎麦《そば》くらいはあるだろう、と踏んだ。

それが的中した。

＊

冷ざる、二人前と天ぷらをいくつか注文する。十二時五分前という時刻に、ホッと一息ついた。

まずは、箸の持ち方をアーチャーンに教える。おどろくほど、呑み込みが早い。たちまちにして覚えてしまったのは、また一つ、修行の「果」だろうか。瞑想修行において、細かな一挙手一投足の訓練を続けてきた人だ。勘がいい。

はじめて食べてはみたが、それほど旨《うま》そうな顔はしなかった。

「どう、食べられる？」

尋ねると、ただ、オーケー、の返事だけをほのかな笑いとともに返した。

おいしい（アロイ）などという言葉は、テーラワーダ僧なら口にしない。美味、美食は一切関係がない。ただ、命をつなぐに必要なものとしての「食」であればいい。いや、そうでなければならない、という僧たる者の心得……。

実際、「食」については、実に多くの戒とそれに伴う教えがある。原則として一日一食というのが決まりだが、いまのタイ・サンガ（僧集団）では、午前中（正午までに食べ始める）であれば、二食でも三食でもよい。午後からは、次の日の朝まで、飲み物は許されるが、食べ物は、柔らかいもの、硬いもの、ともにご法度である。

古代インドでは、手を使って食べた（これは今もおよそそうだが）。材が異なるカレーが定番で、飯やパン、それに副菜がつく。これも古代から変わらない。

他人の鉢を自分のと比べて恨めしそうに覗《のぞ》かない、鉢に受けられるだけの托鉢食を得る、といった心得なども、いわゆる食の「欲」を戒めるためのものだ。美味しさを求めるのも欲のうちだ。が、それがいちばん大変なことだと、釈尊《ブッダ》にはわかっていたのだろう。実に、微に入り細に入り、なのだ。

修行を継続、維持していくためには、老い過ぎていると得度できないように、健康であることが何よりの条件であり、そうした戒の群れは「食」の大事さを知らせるものでもある。過ぎたるを排し、中くらい、ほどほどをよしとする教説もまた、過食を非とする教えと同列にある。腹八分目は、そもそも釈尊が弟子に命じたことだった。

オイシイともマズイともいわない時間が過ぎていった。蕎麦といえども手抜きせず、ゆっくりと食べて箸を置くと、私は卓上の爪楊枝を使った。タイでは、人前でそれを使うのは失礼でみっともないというので、一般の食堂のテーブルには置かれていない。頼めば出してくれるが、口を覆って使っている人をたまに見かけるだけで、およその人は家でこっそりと「歯をほじくる木《マイ・チン・ファン》」を使うらしい。アーチャーンにいわせると、これも仏教の、こまかな行儀作法（アーチャーラ）と関係することだというのだが。

勘定は、アーチャーンが払った。

サンダルとは別に集まった布施のお金は一万バートで、換金して三万円を携えてきている。それを使い切るつもりでいてくれること（蓄財しないのが僧の心得ゆえ）が私にはうれしい。日本国内の経費を五分と五分にできれば、足りなくなる恐れから逃れられる。日本で使えるWi-Fi（インターネット通信）をレンタルしてくれたのも在家信者で、それもこれも、おかげさま、というほかなかった。

食堂を出ると、快晴の空の下、改めて東大寺をめざした。

子供の頃、奈良通いをした幼少年期に見たきりの門をくぐる。ここにも修学旅行生が参道を埋めている。相変わらずの人気者であるふたりは、幼女といえど、老婆といえど、その衣から身を除けながら、参観料受付窓口へ。

紙幣の入った布袋を出すより先に、

「どうぞ、お入りください」

窓口の女性は無料を宣言した。

ひと目で僧とわかる者からはお金をとらない。その徹底ぶりは、以降、法隆寺、唐招提寺、薬師寺、興福寺、そして京都を含めたすべての寺で同じであった。それは、仏教の伝統ともいうべき国際色の表れであったというほかはない。

大仏殿の仏の大きさにド肝を抜かれたのか、アーチャーンはしばし呆然と見上げていた。彼の国にもブッダ像は数知れずあるけれど、これほど巨大なものは見たことがない。掃除をするときは、膝や指の一本に人が乗ってやるのだと、私は思いつくままに話した。
奈良時代は聖武天皇の治世――、仏教伝来から二百年に当たる年（七五二年）に開眼供養が行われた際、その導師はインド出身の（菩提＝悟りを得た）僧正だった。そのことが仏教発祥の地からの伝来を思わせるのだが、実際、華

厳経に説かれる盧舎那仏《るしやなぶつ》の教えと世界観は、上座部（テーラワーダ）のそれとよく似ている。三宝（仏・法・僧）への敬いから日々の三拝、あるいは壮大な宇宙観を示す三界（欲界、色界、無色界）、さらには台座（蓮華座）に描かれた釈迦如来と諸菩薩（上座部では八十大弟子に相当する）の関係まで、奈良時代にはまだ原始仏教の姿が色濃く反映していたことを証《あか》しているのだろう。

それにつけても思うのは、その巨大な木造建築と銅の鋳造物を膨大な費用（現代の貨幣に換算すると四千六百億円強）と人命の犠牲（銅やヒ素中毒及び事故による）を払って建造したこともそうだが、さらに驚くべきは、史上二度までの兵火（治承四年〈一一八〇〉、永禄十年〈一五六七〉）による焼失に遭いながら、そのつど再建、復興をとげていることだ。当時（天平の時代）は、天然痘などの疫病が大流行し、大地震や旱魃《かんばつ》、飢饉などの天災も相次ぎ、戦乱のみならずの社会不安にさらされていたようで、そのような時代であったことが世を治めるべき天皇の発願となったといわれる。が、後世においても変わらぬ乱世から焼失してしまうことの皮肉は措くとして、その一方にある再建、復旧する力こそ驚異的というほかはない。これが現代にいたるまでの、焼け野原の戦後からしていえる日本民族の特性ではないかという感想まで抱かせてくれる。ただ、さすがの日本人も今度ばかりはヒロシマ・ナガサキのように復活ができるのかどうか、楽観は許されない大地震に原子力がらみの人災が付加した大災害にみまわれている……。

アーチャーンは、やがて人と人の隙間を前へと進み出て、石の床にひざまずくや、五体投地の礼を三度までくり返した。まさに五体（両脚、両腕、頭）を投げ出すように前方へ、額が床に届くまで礼をする姿に、私はあっけにとられた。自分も同じ行動をとるべきだったと、後で気がつく始末だ。

仏弟子ならば、寺での日課でもある投地の礼くらいはあってしかるべきなのに、合掌だけですませたことが私自身の未熟さを思わせた。ここでもアーチャーンとの差を感じ、いささかの悔いとなって残った。

もっとも、我らが寺のブッダ像とイコールではない大仏であることをどう考えるかの問題はありそうな気がしたけれど、瑣末《さまつ》な話であるにちがいなかった。

6

供養の日は、すぐに来た。到着の日の翌々日、夕刻のことだ。

前もって準備しておいた床の間の前に、私はアーチャーンと並んで座した。

まずは、ブッダ（世尊）への礼拝と「仏・法・僧〈サンガ〉」つまり「三宝」に対する帰依の唱えを置く。それは――

〝ナモー　タッサ　パカワトー　アラハトー　サンマー　サンプタッサ〟

――正覚者でありアラハン〈阿羅漢〉である世尊を私は礼拝いたします。

続けて〝ブッタン　サラナン　ガッチャーミ　ダンマン　サラナン　ガッチャーミ　サンカン　サラナン　ガッチャーミ〟

――私はブッダに帰依します、法に帰依します、サンガに帰依します。

あらゆる勤行に欠かせない章句で、三度（二度目は〈トゥティヤンピー〉三度目は〈タテヤンピー〉と冒頭に置いて）くり返し唱える。帰依の念押しもまた徹底したものだ。

その後、本題の読経が始まった。

〝ヤタービ　セーラー　ウィプラー　ナパン　アーハッチャ　パッパタ―……〟

――天を突いて聳《そび》え立つ巨大な岩山が四方から転がりくるように……。

まずは「岩山の譬え（パッパトーパマ）」と題される経である。

黄衣《チーウォン》を着付け、合掌した手には、小さな骨箱に三度巻きつけて手前へ伸ばしてきた聖糸が渡されてある。経がそれを伝って亡骸《なきがら》へよく通るようにと願う糸である。遺影がないので、用紙に母の名前を書いた。隣に父、さらに伯母と叔母、その夫（住職）の名も連ね、それを仏像のそばに置き、蠟燭を灯し線香を焚いた。

〝エーワン　チャラー　チャ　マッチュ　チャ　アピワッタンティ　パーニノー　サマンター　アヌパリ　ヤイユゥン……〟

――〈四方から岩山が転がりくるように〉「老い」と「死」はともに、生きとし生けるものすべてに圧《の》しかかり、打ち砕くことをやめない。それは国王といえど、クシャトリア（王族・武士）といえど、バラモン（聖職者）といえど、バイシャ（商工業従事者）といえど、スードラ（一般労働者）といえど、あるいはアウト・カースト（ヴァルナ〈身分〉を持たない人々）といえど、四方から迫りくる岩山に踏みつぶされるように、決して逃れることはできない。……

アーチャーンの緩《ゆる》く落ちついた声音に合わせ、私が経本を手に和していく。はじめは舌を噛んだりもしたパーリ語の経だが、いまはだいぶ慣れて弾みがよくなった。節をつけて歌うようでもあり、水が流れるようでもある。パーリ語の濁音は、タイ語発音ではほとんど清音に変わるため、経の響きそのものに清楚な透明感がある。

〝ナキンチ　パリワッチェーティ　サッパメーワーピマッタティ　ナ　タッタ　ハッティーナン　プーミ　ナ　ラターナン　ナ　パッティヤー……〟

——またそれは、何ものも歯が立たない。象といえど、軍隊の馬車といえど、老いと死に闘いを挑むことはできない。いかなる呪文をもってしても、学問をもってしても、富、財産をもってしても、あるいは霊の力をもってしても、それは不可能である。……

惚《ぼ》けたら生きる屍《しかばね》や。

老いていく母は、よくいったものだ。だから、惚けんようにせんと（しないと）……。

まるで口ぐせのようにくり返したセリフ。死ぬまで元気でいたい、と。それでも痴呆は起こり、進行し、まさに巨大な岩山が四方から襲いかかるように、さらに老いていった。家の庭に咲く真っ赤な木瓜《ぼけ》の花を見つめながら、ワタシみたいな花やね、と笑った。惚けていくみずからを自覚していたのだったか、そんな冗談もやがていえなくなった。

八十歳なんて、若い頃は遠い遠い先のことやと思うてたけど、来てしもうたなぁ、と嘆息したことがある。その頃の母は、すべての趣味から遠ざかっていた。多芸の人でもあって、短歌誌を主宰するかたわら、中国語、彫刻、三味線、さらにはヨーガに凝って、晩年はそれに打ち込んだ。

それを習うために神戸まで電車で通っていたが、もう老齢で道中が危ないから来なくていい、と止められた頃から、いわば生き甲斐をなくし、急に老け込んでいった。が、まだ足腰はしっかりしていて、父のつくった収穫物を畑へ採《と》りに出かけるのを日課としていた。ところが、その畑仕事中に不意にゴロンと転倒することがあり、意識が薄れたまま何分か地面にそのままでいると、やがて起き上がることができるのだと話したこともある。医者の見立てでは、脳の血管が瞬間的に閉塞し、血流が途絶えるために起こる現象であるということだったが、脳梗塞のような重篤な病にならずにすんだ代わりに痴呆へと向かった。身体にメスを入れないというのが主義で、盲腸すらも民間療法で散らしてしまうような人だったから、それなりの強さは備えていたにちがいない。

思い返せば、畑でそのような出来事に遭う頃からだんだんと物忘れがひどくなり、衣服を着ける順序がわからなくなって、それも苦笑できている間はよかったが、そのうち平然と呆けを受け入れるようになった。デイ・サービスのための（介護度）調査に来た職員には、アタマ以外はどこも悪くない、といって相手を笑わせた。八十代も後半になってからは、私が帰省しても誰であったかをしばらく忘れている（時間が経つと不意に思い出す）といったことが頻繁になった。

施設では、元国語の教師らしい特徴をみせた。難しい漢字を書いてみせたり、同僚の老婆たちに、こうしなさい、ああしなさい、と生徒にするような指図をしたりしたが、やがてそれもしなくなった。私が訪れても誰なのかがわからずに、ただ誤魔化すような笑いを浮かべるだけになった日から、母との別れがあったと思う。

やせ細った顔に、いくつものシミがあった、その場所とまるで同じところにシミが浮き始めた私の顔は、父親似といわれた昔と違って、にわかに母に似てきたように思える。

＊

母の名、ミチエは道の枝と書く。その名は仏道の「道」からとられていた。生き方の指針としたのは、さまざまな枝を持つブッダの教えも集まれば一つの幹に統一される、仏の道そのものだった。

出口なる一風変わった姓を持つ家系の先祖は古寺であったから、そこが出自の慈悲深い祖母の影響を受けて育った。まず、怒りというものを子供に対しては持たない人だった。私がどんなにワンパクで悪戯《いたずら》が過ぎる子供であっても、叱ったことが一度たりともない。道端に売られているモノがほしくて買ってもらえないときは、車の走る大道に出て寝そべったりしたものだが、それでも叱られなかった。小学校に併設されていた幼稚園では、まるく太った先生を転がしてみたくて廊下に渡したロープでそれをやってのけ、職員室に長いこと立たされた日は、すぐ目の前に母親がいたのだったが、このときも怒りをぶちまける先生の言葉を聞き流し、家に帰っても父親にすら告げなかった。学校から帰るとランドセルを縁側に放り出して遊びに行く子供だったが、勉強しなさいといわれたこともない。小学校の低学年の頃は成績がビリから二番目であったことにも、小言はいっさい口にしなかった。

惚けはじめてからは、幼い頃の私を人に預けて放《ほ》ったらかしたことをしきりに詫びたものだ。ちょうど同時期に子供を産んだ知人が学校への途上にある町にいて、その人がひとり育てるのもふたり育てるのも同じことだといって預かってくれた。乳飲み子の私は、その人の母乳を分けてもらっていたというが、むろん記憶にない。

当時の女性としてはまだ珍しかった教職を持つ主婦で、学校では男性教師からイジメも受けた紅一点だった。働く母の姿は、大きくなっていく過程においても常に私の目に映っていた。もろもろの記憶は印象に残るものばかりだが、子供の躾《しつけ》といった面では、やはり欠けていたことは否めない。

――人間というものは、哀れなもんじゃ。

それが母の口ぐせだった。いまもその声音が響いてくるほどに幾度も聞かされたセリフが思い浮かぶ。

母は哀れの因をどこに求めたのか、大もとのそれは戦争だったことは間違いがない。あるいは、教壇からそれぞれに境遇を背負う生徒たちを眺めてきたことによる感慨であったのかもしれない。私が哀れの極みの戦争がなければ生まれていなかった子供であることは、重々に承知していた。膨大な戦没者の代わりとしての、国策による世代的人口爆発のなかで……。それゆえにこそ、哀れな存在を決して咎めることなく、どこまでも慈《いつく》しんだのだという気がする。生まれてこなかったほうがよかったのかどうか、それを問うことの無意味さ……、あってしまった戦争、生まれてしまった事実を引き受けるほかに、哀れに満ちた戦争の時代とその後を生き抜くことはできなかったはずだ。人は生きていくだけで大変なのだと、これは長姉がしばしば聞かされたというが、それは慈悲を説き、怒りを悪質な煩悩として否定する仏教が生まれ育ちの環境にあったことに加えて、過酷な戦中、戦後を生きてきた人の、いわば主義に基づくものでもあったろう。

しかし、そうした母の方針が、私の育ち方にどのような影響を及ぼしたのかについては、決して楽観的なことはいえそうになかった。成人した後に待ち受けていたむずかしい世渡りにおいて、きびしさに欠ける、人間の柔《やわ》さ、ワキの甘さといったものに通じる因ともなったことは間違いがない。人に騙《だま》されやすい性分も、情に流される愚かさ、危なっかしさも、一つにはそういう生まれ育った環境から来ているような気がしてならないのだ。

のびのびと自由に育った代わりに、好き放題に過ごした我儘な子供が、成長するにつれてどんな因果を持ったのか、すっかりわかることはむろんできない。三人姉弟の末っ子でもあって、それゆえによけいに甘やかされ、世間の荒波、人の世の非情さをさほど身に受けなくてすむ教師の子供という、しかも母のやさしさが突出してあった家庭環境がもたらしたものだけではない。もっと大きな戦後社会という、なかでも戦後教育という環境のなかで、必然的に招来されたものが加わって有るはずだった。そこに、自己責任の部分はむろんあるにしても、その両者、家庭と社会の影響がどれほどのものであったのか。

そのことを切実に回顧したのは、ずっと後に異国へと落ち延びてからだった。数々の失敗や過ちの要因もまた、むろん生来のものにプラスして、そうした「環境」にあったことは確かなのだが……。

7

〝アウィッチャー　パッチャヤー　サンカーラ　サンカーラ　パッチャヤー　ウィンヤーナ　ン　ウィンヤーナ　パッチャヤー　ナーマルーパン　ナーマルーパ　パッチャヤー……〟

経は「十二縁起（パティッチャサムッパーダ）」の章句へと続いていく。

その縁起（パッチャヤ・カーン）とは――「無明」から「行」へ、行から「識」へ、識から「名色」へ、以下同様に、「六処」へ、「触」へ、「受」へ、「愛」へ、「取」へ、「有」へ、「生」へ、「老死」へと、因果が巡りゆく法則を説く。それは輪廻転生の原理とも関わって、生から死へ、過去から現在、未来へと巡る法でもある。人間の「業」（あらゆる行為、行動を指す）と「苦」の法則でもある。

最初の「無明〈アウィッチャー〉」とは（心の）闇のことだ。真理を知らない、世の物事に対する無知。ために、すべての過ち、間違いの大本《おおもと》の因となる。最も重要な煩悩である「痴〈モーハ〉＝無知、無明」であり、ここにもその根源的な不善の表明がある。

「行〈サンカーラ〉」は「業（カンマ）」すなわち善悪こもごもの人間の行為のこと。無明であるがゆえにそれが（間違った行為、行動も）起こる。その結果、自覚や認識――「識〈ウィンヤーナ〉」をもたらす。すなわち、それは心と身体――「名色〈ナーマルーパ〉」

を構成する要素であり、次には、それがあらゆる物事、対象に「触〈パッサ〉」れる。つまり、感覚器官（眼《げん》・耳《に》・鼻《び》・舌《ぜつ》・身《しん》・意《い》〈心〉＝六根〈六処〉）によって感受されること――「受〈ウェータナー〉」となり、それによって（最も警戒すべき）「愛（渇愛）〈タンハー〉」が生じることとなる。そして、それが「取（執着）〈ウパターナ〉」をもたらすことになる。よって、（悟りにはほど遠く）存在すること――「有〈パーワ〉」となり、ひいては生まれること――「生〈チャーティ〉」をもたらし、そして果てには「老〈チャラー〉」へ「死〈マラナ〉」へ、苦しみとともに向かう。

　無明に始まり、廻《めぐ》りめぐった末には、老死に代表される「苦」に通じている。嘆き悲しみ、悔い、恨み、無念、失望などなど、ありとあらゆる苦悩が人にのしかかり、積り重なっていくのである、と経は続く。つまるところ、すべての事象は「縁起（因縁生起）」の法で成り立っていることを菩提樹の下で知り尽くしてブッダとなった人は、あらゆる真理への「疑」いと「無明（無知）」から人間を解き放ち、比類なき拠り所と安らぎをもたらした、云々と謳い上げる。人は、そうした「苦」の認識と覚悟がなければ、まっとうに一生を送り終えることはできない、と説く意味深い経だ。一筋の光明、救いもその覚悟から生まれてくるという、単なる悲観や絶望を否定する章句でもあるだろう。

＊

母は、四人姉妹の下から二番目だった。姉妹の父親は、まだ母が女学校の頃、別に女性をつくって出奔していたから、祖母は子育てにはずいぶんと苦労したらしい。その父の住む横浜へ、列車に乗って生活費をもらいにいく話は、一冊だけ残した母の自叙伝に出てくる。私が母方の祖父を知らない理由は、そういう事情からだった。

長姉はよくできた人で、姉妹のトップを切って奈良の女高師（女子高等師範学校）に学んだ。しかし、教職にあった日は短く、敗戦直後に結核で亡くなっている。その直前にストレプトマイシンが発明されたが、間に合わなかった、そのことを母はいつまでも嘆いた。

その長姉を手本として、次姉（私の伯母）と三女（母）が同じ女子の師範学校へと実家から通い、そして卒業後は、伯母は奈良の、母は大阪の女学校の教職に就いた。が、間もなく戦争が始まった。末の妹（私の叔母）だけは女学校を出た後に同じ奈良県下のお寺へと嫁ぎ、住職の妻となったが、戦争にとられたその夫は、戦後も長くシベリアに抑留されていた。どうにか命だけは持ち帰ったものの、抑留中に腸チフス、赤痢、原因不明の熱病など、ありとあらゆる疫病を患い、ために病弱となり子ダネを死滅させてしまっていた。

伯母もまた、戦後は新制高校に職を得たが、戦争で適齢の男子が出征して（多くが戦没して）しまった街に結婚相手を探し得ず、生涯を独身で過ごした。ゆえに、母だけが、大阪の師範学校（池田）を出て中学校（旧制住吉）の教師になっていた父と出会い、三人の子供をもうけることになる。従って、姉妹のうちで子供を持ったのは母だけであったから、伯母や叔母は私たちを自分の子供のように扱った。そのこともまた、甘やかしの一翼を担っていたから、もはやどうにもならない柔な楽天家を育てる環境であったろう。

コンロの火を消し忘れて鍋を真っ黒にする度に、父に叱られていた。ナベ焦《こ》がし、のあだ名をつけたのも父だった。その火が窓枠に燃え移り、火が出ていたのをたまたま裏手の家の人が目にとめて、すんでのところで消し止めるという出来事もあった。

あの戦争さえなければ……。

何度も恨みごとを聞かされた。大空襲に遭い、父の田舎に疎開してそのままになった苦労の身を嘆いたこともある。奈良に近い都会、大阪で、将来は女流作家になる夢を持って暮らしていたかったのだ。

「認知症になるなら、お母さんのようになりたいものです」

と、施設の女性職員は打ち明けるようにいった。いつも穏やかに笑っている、感情を荒立てることがない。そのことがその人には好もしくうつったようだ。苦難の人生でありながら、どこかに明るさ、楽天性を備えた人でもあったから、周りには暗い不愉快な印象を与えなかった。惚ける前は、しきりに痛いと訴えた腰や膝の痛みも嘘のように遠のいていた。まさに老いの極みの、静寂の世界に生きていたといえるだろうか。

修行を完成させて最高位の悟りを得た者、すなわち「アラハン(阿羅漢)」となり、その「果」としての〝ニッバーナ(涅槃)〟の境地まで辿り着いた者は、言葉には表せないほどに至福の境地にある、とされる。もはや生存欲さえもない、あらゆる「苦」と無縁の世界――。それを在家が得た場合、俗世においては生きていくことができないほど俗人とはかけ離れている、といわれる。してみれば、人がついに悟りを得て涅槃を見るのは、最期が近くなってから、ということにもなるだろうか。人は死の間際になってはじめて、至上の幸福を得るチャンスがあるということならば、母にはその資格があったようにも思えてくる。

安寧を得た生きる屍は、天の贈りものだったか?

〝クサラ　タンマー　アクサラ　タンマー　アッパヤーカター　タンマー　スカーヤウェータナーヤ　サンパーユッター　タンマー……〟

経の終盤は、法(ダンマ)の数々――、ブッダの教説の多岐なるを示すものだ。善なる法があれば不善の法もあり、善でも不善でもない法もある。楽をもたらす法があれば苦につながる法もあり、苦楽どちらでもない法もある。……

〝ペートゥ　パッチャヨー　アーランマナ　パッチャヨー　アティパティ　パッチャヨー　アナンタラ　パッチャヨー……〟

仕上げの経は、因果の法を謳い上げる。あらゆる対象に対する人の心と身体の動き、そのすべてが隙間もなく原因と結果でつながっている。人のみならず、この世のあらゆる現象がそうであり、原因がなければ結果もない、一つの結果が次には原因となり新たな結果をもたらしていく、その限りのないくり返しのなかで、人は生き、物事は生じ、変化し続ける。人間の、この世の有り様と真実の教え――。

母にはさっぱりわからぬパーリ経であったろうが、出家した息子が唱えたのだから、まあいいだろうか。ブッダの一番弟子であったサーリプッタは、サーリーという母の名をとり、その息子、という意味だとアーチャーンは教えた。だから、トゥルンも「ミチエプッタ」と名づけることができる、と。タイでも、母の名を冠してペンネームとしている高僧がいるという。母親の存在がいかに大きなものか、インドの昔からそうだったのだ。タイ国の伝統としての（家庭では父親よりも高い）絶対的な権威も、そこに源をみることができる。

老衰の死（享年九十四）といってよかった。異変を察した施設の職員が隣の病棟へと移して間もなくの死。ほとんど苦しむこともなく、消え入るように息を引き取った。

その年（二〇〇六年）は、桜の開花が例年よりかなり遅く、出棺のときは桜吹雪が霊柩車に降り注いだ。父の没日は四月初めで、これは例年通り、やはり桜花がひっきりなしに家の庭先の小川を流れ、吹雪くように霊柩車を覆った。桜が好きだった人への、あたかも手向けのように私にはうつった。晩年の夫婦は、正常と痴呆に分かれてしまい、決して仲のよい日々ではなかったけれど、それなりにまっとうな生涯であったことを天も認めているのかもしれない、などと思ったものだ。

淋しさはあったが、息子の存在も忘れてしまった日を境に別れを感じていたせいか、さほどの悲しみはおぼえなかった。むしろ今頃になって、会いたくてしかたがなくなることが度々であるのはどうしたことか。

8

供養の経が終わると、すでにとっぷりと日が暮れていた。

在家なら、夜遊びに出かける頃合いだが、テーラワーダ僧はそんなこととも無縁である。ふだんは八時に寺の金網門が閉まり、街の賑わいから隔てられる。それは、どこにいようと特別な事情がないかぎり同じでなければならない。

その頃合いはまた、空腹感がピークに達する。チェンマイの寺では、そろそろ寝る準備を始めている。眠りに入ってしまえば、すべては解決するからだ。

だが、どうしても我慢ができないならば、という条件つきで許されるのは、チーズ、ヨーグルト等の「酪」の類だ。とりわけ旅の僧にはそれが可とされるため、その日、法隆寺からの帰路にコンビニで買ってきた。そしてそれとは別に、私だけのために仕入れたものがあった。

缶ビール、それも二缶……。

アーチャーンの目をかすめたわけではない。出発が迫った日、食堂での「チャンペン（僧の昼食のこと）」が始まる前に、日本にはアルコールがゼロ・パーセントのビアがあるのだけれど、それは飲んでもいいだろうか、と皆の僧に尋ねてみた。

話は、本当にそういうものがあるのかと問うことから始まって、次に、それは少しの酔いももたらさないものなのか？　信じられない、とひとりの僧が問い、私が本当だと答えるのが次のステップだった。そして最後は採決で、まあ、ソーダ水のようなものだろうから、いいんじゃないかと大多数が答え、アーチャーンだけが棄権票を投じた。未だいいとは言い切れない、保留にしておく、というわけだった。しかし、多数決で可とされた以上、問題はないはずだ。かつては好物だったビールが飲める、ノン・アルコールといえど味は似たようなものだと聞いている。よしよし……、と楽しみの一つにしていたのだった。

部屋を暖房で十分に暖めておいた。身体も風呂でしっかりと温《あつ》くして、先に湯水シャワーを浴びてチーズを口にするアーチャーンの前に座った。冷蔵庫から取り出した缶の栓を抜き、グラスに注ぐと、なつかしい匂いが鼻腔を刺激した。

グググッ、と一気にあおった。と、目の前が一瞬、闇となり、頭がしびれた瞬間、後方へ、ソファの背凭れへと倒れこんだ。それを見たアーチャーンは、あわてて腰を上げ、私の腕をとり、トゥルン、トゥルン……、と声をかける。

老僧が倒れた、脳溢血か何かで昏倒した、とでも思ったか。心配のこもった目が、うっすらと開けた私の眼《まなこ》に飛び込んできた。大丈夫の印に薄く笑ってみせると、

「酔ったのかい」

酔う、の動詞「マオ」を使って問う。

とんでもない、と私は驚いて身を起こした。心配ない、だいじょうぶ、と大きく頭を振る。あまりの旨さに倒れただけ、とはいわなかった。とても美味しい（アロイ・マー）などと、口にすべきではないセリフをうっかり吐いて誤解されても困る、が、アーチャーンはホッとしたようだ。

残りのビールも旨い。こんなに旨いものだったかと、かつての酒呑みは感動し、陶然となった。すると、アーチャーンの顔がまた疑いの色に染まった。つまみに冷蔵庫にしまってあるチーズがほしくて腰を上げると、グラリと上体が揺れた。

〝スラーメーラヤ　マチャパマー　タッタナー……（スラー酒やメーラヤ酒から離れます）〟

私が節をつけて唱えると、アーチャーラ・コーチャラ、とアーチャーンは応えた。行儀

作法に問題あり、といいたいのかもしれない。

実際、久しぶりに故国の土を踏んで、長く戒に律せられた心身が緩みがちであることは、ついうっかりが度々であることからも否めない事実だった。古代インドにおいて、スラーは穀類からとる強めの酒、メーラヤは果実酒など比較的弱い度数の酒類だが、ビールなどはこの軽めの酒ということになるだろうか。

僧の然るべき姿勢は、実に多岐にわたっている。細かくいえば一挙手一投足に至るまであって、二二七戒律（パーティモッカ）に入っていないものがいくらでもある。あるいは、言葉としての規定はなくても、意味的には同種、同類のものは禁とするのがふつうだ。師と仰ぐ人の方針にもよる（アーチャーンを導いた人はかなり厳格だった）というが、人前で脚を組まない（きちんと両膝を揃えて腰かける）、立ったままモノを食べない（食べ歩きなどはもってのほか）、ラッパ飲みしない（ストローできちんと吸い上げる）、人前で爪楊枝を使わない（これが歯に隙間の多い私には困るのだが）といったことも、正しい行儀とされる規定から類推されるものだ。

また、それが必ずしも違反とはいえなくても、疑いを招くような行動は慎むのが僧の務めである。ならば、たとえアルコール度数がゼロではあっても、ビアと名がつく以上、やはり控えるべきだったのではないか。それに、この旨さは危険である。美味なるもの、かつての好物に再び耽溺してしまう恐れ、なきにしもあらず。気をつけないと、苦労して酒を断ったのが元の木阿弥、いやそれ以上のリバウンドに見舞われないともかぎらない。還《げん》俗《ぞく》したとたんに酒浸りとなり、たった半年で逝《い》ってしまった人の話をアーチャーンから聞かされたこともある。

飲欲なるものが芽を吹けば、トゥルンが道を外れて再びチェンマイへ戻ってこなくなる。アーチャーンが心配する理由はその点にあるらしく、ふた缶目を飲み進める私に、

「還俗《スック》はダメだよ」

と、しっかりと告げた。

原則として、タイ仏教では俗世に還《かえ》るのが自由であることはよく知られている。とりわけ、一時僧制度はタイに特徴的なもので、法的に認められた有給休暇（最大百二十日）を使い、念願の修行に入る者もめずらしくない。その場合は、あくまで一時的であるから問題はない。が、長い僧籍を持つ者であっても、ある日を境に在家者的なものに魅せられて、それに抗《あらが》えずに還俗へと向かうことは幾多の例をみれば明らかであったから、アーチャーンが心配するのもムリはなかった。

テレビをつけた。狭い応接間にある大きな画面に、ニュースが映し出された。

北朝鮮とアメリカが危ない橋を渡っている。戦争が始まらないともかぎらない情勢……、争いごとをきらうテーラワーダ僧には不愉快なニュースだ。

チャンネルを変えた。お笑いの娯楽番組、バラエティーで、これは見ないほうがいい。享楽的なものは排するのが正しい姿勢……。次は、歌番組、カラオケ大会のようなもので、これも似たようなものだ。次はドラマで、殺人を扱う刑事もの。これも殺しの話で、しかも人間のそれであるから、面白がるべきではない。その物語をつくってきたモノ書きがいえた義理ではないが、その種の話の場合、実に幅広く多岐に及んでいるから、一概に非とすることはないと思うけれど……。

〝ナッチャキータワーティタ　ウィスーカタッサナー　ウェラマニー（歌、舞踊、演奏等の享楽から離れます）〟

出家式から誓わされた戒であった。が、自分で楽器を鳴らしたり、歌い踊ったりはできないだけで、よい音楽を鑑賞したり、文化的な演劇やスポーツを観る（プレーするのは禁）ことはかまわない。タイ式ボクシング（ムエタイ）やサッカー（フットボン）の好きな僧も少なからずいて、しばしば話題にする。

唯一、抵抗の少ない元のチャンネルに戻った。福岡で何億円という金が何者かに強奪され、謎が深まっているという。ニュースにもロクな話がない。

そういえば、僧が料理をつくるのも本当は禁である、とアーチャーンがいま気がついたようにいった。

在家の独り暮らしが長かった私は、自炊というものがお手のもの、そこそこのモノが作れる。今回、できるだけ節約をするために、人に頼んで取り寄せた材料で、早朝の食に加え、弁当用に握り飯と副食を作る。その度に、アーチャーンは感心して、トゥルンはコックになれる、などと褒めてくれていたのだ。それが一転して、本当はいけないことだといわれて、私も思い出した。

托鉢をして、在家からいただいたものだけを食べる、というのが僧生活の原則である。それがこの度は事情が違うことから、料理作りも許される、やむを得ない例外としてよい、とアーチャーンはつけ加えた。

例外規定はほかにもさまざまあって、戒を守ることが無理な状況にあるなど、身の安全や健康のためにはしかたがない場合にそれが適用される。とりわけ、病気のときは、衣食にわたって戒を違えることもやむを得ないとされる。例えば、薬を飲む前には午後であっても少し食べてよいとか、身体の回復に効果的なモノを在家に求めてもよいとか、テーラワーダ仏教にも寛大なところがあるのだ。

この旅の途上での、アーチャーラ・コーチャラに反する諸々は、もっとも軽度な「微罪」といってよいもので、罰則規定はない。が、それをも決しておろそかにしないアーチャーンは、やはり筋金入りのテーラワーダ僧だと、私は思った。何度か歩いた三条通りの、商店街にある小路へ入り込もうとした際も、出入りする人混みを見るや私の腕をとり、首を振ったこともそうだ。そこで何か買い物でもしようと考えていた私は、その決然として揺るぎのない姿勢には脱帽せざるを得なかった。

二十歳で可能な正式僧となるまでの、サーマネーン（未成年僧＝沙弥《しゃみ》）の時代、九年間に培われたものが根底にあることは確かだった。現に、仏門の出入りが頻繁にあるなか、最後に残った十人の仲間のうち、正式僧（二二七戒律〈パーティモッカ〉を授けられる出家式〈ウパサンパダ〉を経た僧）となったのは、アーチャーンただ一人であったという。他はみな還俗し、欲が満たせる社会へ出ていった、などと話してくれたことがある。

僧の位階は、正式な僧籍にあった年数によって決められるが（出家が一日でも早いほうが上位とされる）、すでに十六年目……、やっと二年目を迎えようという新米僧の私とは比べるべくもない。そのことが、戒に対する姿勢にも表れている。ある程度の修行はしているつもりだが、アーチャーンとは何かにつけて「差」を感じてしまうのだ。

ともあれ、その日も何とか無事に終わりそうだった。

昨夜のように、温水シャワーを浴びたアーチャーンに続いて、私が湯船に入った。その快さは、戒で禁じられてもしかたがないくらい、贅沢なものに感じられた。自分だけがそういう快適さに浸《つ》かっていることにすまないような気がしないでもない。ビールの件もそうだが、私のような気骨に欠ける人間は、在家の頃のように安逸な方へと流されてしまいそうで、気をつけなければ……、とまたも内心の呟きが生じてくる。

二階へ上がると、やはりズボン下だけは許してもらった。布団に入るときも腰巻と肌着をきちんと着けているのは、いつも通りだ。

それにしても、よく出家できたものだ……。

目を閉じて、私は呟いた。アーチャーンは、運がよかったというが、その通りにちがいない。その運は確かに数多い因果の過程にあるものだが、そこには縁（付帯条件）のようなものがあり、目には見えにくい、込み入った蜘蛛の糸のような部分もある。そのことを思うと、やはり幸いなる「運」を持ち出すほかないようにも感じられた。

何はさておき――、もし一軒の屋台カフェーとの出会いがなければ、出家はなかった。そのことをいまも思う。出家がなければ、どうなっていたか？　こうして生き永らえることもなかったかもしれない、いや、きっとそうだ。異国暮らしの果ては、それまでの不善行の集積の結果として、命に関わるほどの惨めな事態に陥っていただろう。

＊

その店は、私が移住して暮らしたバンコクの、ホワイクワン（ディン・デーン地区）という街の一画にあった。住んでいたアパートメントの裏手、車の往来の多い雑然とした小《ソ》路《イ》にある、建物一階の軒先で主に持ち帰り（テイクアウト）のコーヒーなどを供する露店だった。

テーラワーダ仏教について、実地に学ぶ機会を得たのも、在留五年目のある日から通い始めたその店でのことだ。インスタントとはいえ一杯の値段の安さ（十三バート〈約四十円＝当時のレート〉）が申し訳ないほどに、沢山なことを学ばせてもらったもので、いまもなつかしく思い出す。

齢六十余のヨーガで鍛えた色艶のよい女主人は、南部東岸の街、ナコーンシー・タンマラートの出身で、和《なご》やかな笑顔を絶やさない人だった。とうに成人した二人の娘さんと、店の周辺にある古いアパート群の一棟に住んでいた。実に敬虔な仏教徒で、正午に閉店した後にとる昼食がその日最後の食事だった。そして、店に来るお客を相手に、月に一度は小額の紙幣を集める習慣も絶やさなかった。善行としての「タンブン（徳積み）」の形はさまざまあるが、この場合は、お寺に寄進するためのお金を出すように勧めるのだった。

むろん私にも、顧客なので遠慮なく、すでに幾枚も入った封筒を開けてみせ、いくらかのタンブンを求めてきた。最低額の紙幣（二十バート）でよいため、毎回、勧めに応じたものだが、その度に彼女は微笑んで「ランカーイ・スッカパープ（身体健全）！」と、朗らかな声を発していた。そうして徳《ブン》を積めば、日々健康に過ごせる、よいことがあるというわけだ。

そうして集めたお金は、年に何度かある特別な仏日には「布施金樹」とも呼ぶべき木柱の枝々に挿し、それを携えて馴染みの寺院へ寄進に行く。ふだんはしかし、封筒のまま持参する。目的地は、車で三時間ほどかかるウタイタニー県（北部タイの南端）にあるお寺だった。仲間内から希望者を募り、マイクロバスをチャーターして出かけるのだが、その嬉々とした様子は、彼女がいう「サバーイ・チャイ（心がすがすがしい）」であり、これ以上の行事はないという、確かな信仰心を感じさせるものだった。

その店に集まってくるタイ人たちも、同様に親しみ深い、仏教徒の庶民だった。道路から二段ほどある狭いスペースに二人掛けのテーブルが二卓あるだけだったが、新聞を読みにくる商家の主人もいれば、通勤途上の男女も立ち寄り、甘いホット・コーヒーやアイス・コーヒーなどをテイクアウトしていく。私はいつもコンデンス・ミルクとフレッシュ・ミルクを混ぜたホット・コーヒーだったが、それが妙な美味をかもしていた。

占い師の女性客もいれば、すでに引退した幼稚園の先生やよぼよぼの老人も杖をついてくる、といったふうに、実に多彩な顔ぶれだった。そうした善良で明るい人々を生み出す背景にあるものが仏教であることは疑いのないところで、時に沈みがちな私を元気づけてくれる環境であったのだ。

そのような日々に、何よりも私を惹きつけたのは、近在の寺院からやって来る僧たちの托鉢する姿だった。私がその店へ出かける午前七時前後ともなると、朝の早い街はとうに動きだしていて、幾人もの僧が次々と、通りに出て待ち受ける人たち（なかにはパジャマ姿のままの人もいる）から、その日、午前中に食するものを得る、布施のセレモニーだ。道沿いにはそのための品が露台で売られており、人々はそれら（飯、惣菜、バナナ、ジュース、水、線香などを載せた一皿）を買い、僧の鉢（バート）に入れて差し上げる。露店で買った煮物や手作りの料理を供する人もいる。そして、僧と同じ裸足になってひざまずき、合掌して頭上からの誦経を聞く。

経がどんな内容なのかは、まだ知らなかった。それは布施人の長寿や幸福を願う「祝福の経（アヌモータナー）」なのだが、わからなくても響いてくるものがあった。異文化というほかないその光景に接していると、まるで定着していく習慣のように身内に入り込むものがあった。というのも、わが来し方についての回顧がおのずから生じたためで、それらが日ごと、骨身に訴えるようになっていった。

心の奥に洞《ほら》があいたような心地をおぼえたのも、その時からだった。そこに風を感じた。時に吹きすさぶように鳴る風の音は、みずからに問いと答えを強いた。

自分はいま、なぜここにいるのか、何ゆえに異国へと落ち延びて、ここでもまた浮上できずに、このような有様でいるのか、その原因を求めて思いをめぐらす日々が始まったのだ。性《たち》の悪い寂寥感《さびしさ》がそこにあった。

そして考え始めた人生の出直し、やり直しの修行……。托鉢僧と人々の路傍の光景が日々、その実行を私に迫ることになる。今度ばかりは、気まぐれの、そのうち消えていくような話ではなかった。

実際、その何年か後には、ついに出家の決断へと向かう。その過程もまた紆余曲折の連続だったが、その店、屋台カフェーでさまざま思い考えたことは、その通りであったことを出家してから確信することになる。チェンマイにおける僧院での日々に、今度は僧として、托鉢に始まる日課のなかで、いまに至る因と果の連なり——、すなわちみずからの生まれ育ちに加えて、日本の戦後環境という大きな背景を無視しては通れないと顧《かえり》みた、その屋台カフェーでの考えと重なり合うものであることに気づいていったのだ。ただ、それですべての問題が答えを得るほど単純な話ではないこともわかっているのだが……。

さて、明日からまた気分を改めて、と私はとりとめのない追憶を断ち切って思う。一気に疲れが押し寄せて、眠りに入るのに支障はなかった。

9

日程の後半は、京都だった。

その初日は週末（土曜日）に当たっており、人混みのなかでアーチャーンの顔色がいささかすぐれない。私の腕をしっかりと掴んだまま、なかなか離そうとしないのは、奈良よりも多い対向人に混じる女性を避けるためだったが、神経を使いすぎる気がしないでもなかった。

これは、天王寺から奈良への満員電車でスシ詰めに遭った際のショックが、いわばトラウマとなってその後の行動に尾を引いているのだと、私は理解した。日本の女性は何も知らないために、衣くらいは触れるにまかせている。それを防ぐにはこちらが気をつけるしかない、と思い知ったせいだろう。

だが、雑踏のなかではどうしても避けられないことがしばしばだ。ために、私が、どうすればいいだろう、と問うと、

「これも料理と同じだね」

少し考えて、アーチャーンは応えた。やむを得ないことのうちに入れておこう、という。触れようとして触れたのなら罪となるが、そうではないのだから、というのは当然のこと

だと私には思える。アーチャーンにとってはしかし、当たり前のことではない。まずは触れないように努力する、細心の注意を払うことが先決なのだ。

清水寺の「舞台」に立って、下界を眺めた。

アーチャーンは、新緑の眩しい景観に感動し、タブレットで写真を撮ることに熱中している。清らかで美しいものには心が洗われるのか、絵を趣味とする僧が多いのもそのためだろう。絵を描くことで、心の浄化と静寂が得られることも理由にちがいない。

清水の舞台から飛び降りる、という慣用句があるのをふと思い出した。何ごとかを決死の覚悟をしてやるときに使う言葉だ。土壇場に追いつめられた末の私自身の出家にもいえることだが、そういえば……、と似たような記憶がよみがえった。出家にいたる紆余曲折のなかで、旧い親友であるFの存在が大きな比重を占めてあることに改めて思いが向かったのは、あまりに不思議な因縁がそこにはあるからだ。

彼（F）は、京都の出身だった。検事の父親が妻とした人（母親）は由緒ある武家の出自だったが、本人は東京の学生時代に洗礼を受けてキリスト教徒となり、卒業後はインドへと旅立った。マザーテレサに直結する慈善事業に日本人として最初に身を投じ、長い歳月を過ごすのだが、その頃からの恋人であった女性もまた同じ大学で出会ったクリスチャンで、離れて暮らすFと交わした恋文が、分厚い封書の束となって彼の手元に残されていた。それを小説家となった私に託して、物語にできるならそうするようにとすすめたのは、ふたりの別離があって数十年が経つ頃のことだ。要するに、その別れがきっかけで彼女は独りフランスへと旅立ち、彼の地の女子修道院に入ってしまう、それまでの経緯《いきさつ》が恋に破れた恨みもなく、率直に、淡々と綴られていた。

以来、それが海外取材も含めた私の仕事となって、件《くだん》の女性を孤独な一艘の舟になぞらえて描いたのだったが、私自身が出家の決心をして、どこの寺でやるかを決められないでいた頃――、まだ預かったままであった恋文の束のなかに、なぜか一通だけが異質の色をなして紛れ込んでいるのを発見した。それは、インドでの活動の後にチベットやタイへ遊学したFが、チェンマイへ立ち寄った際、通りかかった寺の境内で出会った一人の僧からのもので、その寺で一時修行をしたFを気に入ったらしく、今度はいつ来るのかと問う短い文面が記されていた。

実のところ、出家先については、私のタイにおける唯一の友人、C君の従兄にあたる人が大僧正《プラ・サンカラート》(タイ・サンガの長)であることから、その所属先である王立のワット・ボウォンニウェート(在バンコク)へ行くはずであった。ところが、折からの大僧正の死(スワッタノー比丘・享年百歳)によって、さらには同寺で長く僧籍にあったC君の実弟の同時期の還俗によって、太鼓判であったはずの私の受け入れが不確かになってしまった。ために、その古いFの知人僧に宛てて手紙を書いてみたのだった。出入りの多いタイの僧院であるから、おそらくもう居ないだろうとの予測はその通りであったが、私の名刺と写真入りの便りを目にしたひとりの僧がEメールで返事をよこし、いくつかの条件（出家式に必要なパーリ語経の暗唱やいくばくかの費用等）を満たせば受け入れてもよいという住職の承諾が得られたことが記されていた。

その後、準備に忙しい日々を過ごすことになるのだが、前後して、Fは風のたよりにその女性の消息を知ることになる。修道女として長く世界を巡り歩いたあと、いまは香川県のS市にある修道会付属の施設に入っているという。職員の話では、すでに認知症に陥って久しく、面会人があっても誰であるかがわからないような状態だが、会いにきてもらうぶんには一向に差し支えがない、というのへ、Fは答えを保留にした。

その頃、奇しくもその施設からさほど遠くない町で老後を過ごしていたFは、宣告を受けた胃ガンにどう立ち向かうかに苦慮していたのだったが、会いに行くべきかどうかについても迷いに迷う。しかし、施設の人はぜひ来てほしいというし、この先何らかの役に立てることがあるかもしれないと考えて、ついに会いに出かけたのだった。

後日、Fが私に告げたところでは、シスター（と彼は呼んだ）は認知症が相当にすすんでいて、会いにきた人物が誰なのか、最初は深く考えている様子であったという。面と向かい合っても一言もしゃべらず、ただジッとFの目を見つめたまま離さなかった。お互いに老いていることから、若い頃の姿がすぐには戻らなかったのだろうが、あれはきっと気づいている目だった、とFはいった。わかっているけれど何もいえない、いうべき言葉がないのだと、直感的に察したらしいのだ。どれほど重度の病であっても、青春の時代に決定的な人生の分岐点となる、重大な決心をさせた人物を忘れることはなかったにちがいない、と。

その後、Ｆは奥方の強いすすめで手術に踏み切り、しかし、インドで犬に咬まれたときに打たれた狂犬病ワクチンの後遺症が原因とみられる癒着が腸にあったことから、執刀医は長い苦闘を強いられる。が、どうにか成功して数ヶ月後に退院したのだったが、病院から帰宅したその日に、シスターが亡くなったという報せを受けたのだった。

Ｆが渡してくれた恋文の束がなければ、そのなかに一通の色褪せた異国からの手紙が紛れ込んでいなければ……、たくさんのもしもの連なりは、まさに因と縁の連続――「縁起」というほかはない。どれか一つが欠けていれば、いまの僧姿はなかった、アーチャーンとの出会いも、むろんこの旅もなかった……。恋に破れて俗世を離れた女性の話を書いた私が、当時は考えもしなかった出家という選択をするに至るというのは、ただの皮肉を超えて何ともいいがたい不思議な縁を感じてしまう。よくも出家できたものだという昨夜からの感想は、その辺りにも理由があるように思えてくる。

清水の舞台から飛び降りた女性はその後、別人に生まれ変わり、生き永らえて、最後に昔の恋人と再会した。ガン手術に先立ち、再び施設を訪れたＦは、目を閉じたままの（死が間近に迫っていた）シスターの枕元で、若い日のいたらなさ、非情を詫びたという。

苦難の生涯であったろうが、そこに少なからずの救いもあったはずだろう。転生してみずからを救済した修道女は、数知れない世界の人々をも救いに導いたはずだ。

果たして、わが身のこの先は……、と私は胸のうちで呟いていた。

＊

次に訪れた金閣寺の敷地内にある広場で、旅を始めて以来はじめての布施を受けた。私が自動販売機で小さなボトルのお茶をふたつ買い、ベンチに腰掛けたアーチャーンのそばへ戻った直後、つかつかと近づいてきた一人の明るい金髪の女性が、手にした硬貨を受けてくれるようにと申し出た。

例によって直接には受けとれない。間違いはくり返さないと自覚して、ふだんのパー・クラープ（女性から布施を受ける際に使う金色の布）に代わる頭陀袋《ヤーム》を示し、その上に置いてくれるように、という。二百六十円――、お茶を買うのをしっかり見ていたらしく、ちょうど二人分の代金だった。目の前にかざしたスマホのカメラで自分を含めて撮ってから、にっこりと笑って去っていった。いかにもファラン（「欧米人」のタイ語）らしい合理的なやり方だった。

入れ替わりに、修学旅行中の小学生の女子が二人でやって来た。黄衣姿は、やはり子供には人気があるようだ。

「一緒に写真を撮ってもいいですか」

背の低い、小太りのほうが問う。もちろんオーケー、と私が答える。と、両側に並んで撮ろうとするので、それはダメ、とアーチャーンが待ったをかけた。

これもよく知らなかった私は、その注意を受けて、

「ぼくらの前に腰を下ろして、合掌してくれるかな」

という。それが仕来りだから、と。

はい、と二人は素直に従った。

付き添ってきた男の先生がシャッターを切った。女性と写真を撮るときは、子供といえども少し距離を置いてそうしなければならないことを知らされた私は、ここでも未熟を思うのだった。

庭園の松の枝ぶりが見事で、アーチャーンは方々のそれをカメラに収めた。盆栽を育てることを趣味とする寺の僧に見せてやろう、という。これほど形のいいものはタイにはない、と。

続いて、徒歩にて出向いた龍安寺《りょうあんじ》も同様、その姿カタチの立派さがアーチャーンのお気に入りだった。金閣寺は松だったが、ここは石庭である。日本にはきれいなものが沢山あるね、という感想は、一言ながら僧らしい観察眼といえた。

その通りだと、私も思う。他国には見当たらないほど、質量ともに圧倒的な「美」が自然にあり、またそれを築いてきた。

だが、同時に、なぜこれほどにストレス社会であるのか、という疑問も生じてくる。仏教でいうところの「苦」は、英語でストレスとも訳されるが、してみると現代の日本人は……、とわが身を棚に上げて思う。

それは、石庭にある水戸光圀公の寄進とされる蹲踞《つくばい》(手水鉢)に刻まれた「吾唯知足(ワレタダタルヲシル)」が告げる意味とも関わりがあるだろう。足るを知ることはタイ社会においても人々に求められ、ポー・ピアン(足りて十分にやっていける)の語でもって生きるうえでの大事な心得とされる。これほど便利で快適なものに囲まれながら、足るを知らないのは過ぎたる「欲」のせいで、苦なるもの、ストレス過多の一因ともなっているように思えた。

「トゥルンは足りているかね?」

アーチャーンがそう問いかけた。

「以前は足りていなかった。いまは、だいぶ足りている」

答えると、ほのかな笑いが返された。一切のカドというものがないアーチャーンの丸い顔には、蹲踞の四文字が刻まれていた。

＊

私が人生に行きづまって異国へと流れ落ちた理由――、それも突きつめてみれば「足る」を「知」らなかったことが主な原因の一つとしてあったという気がした。みずからの才能に自信が持てず、いつか食えなくなる日が来るだろうと不安をおぼえたのも、裏を返せば、いまの状況に満足できず、もっと豊かになりたいという「欲」があったからだ。未だ病に陥ってもいないのにそれを恐れるようなもので、所詮《しょせん》は臆病な小心者の我欲でしかなかった。

そもそも、モノを書く仕事を選んだこと自体が波乱の人生の幕開けだった。

学生時代に出会った教授（恩師）の薫陶を受け、文学の魅力を吹き込まれてその気になった私の場合、本来はスポーツや音楽の世界に惹かれる性格を自覚していた。大学の三年時からその師の影響を受けるまでは、まさに浮遊といってよい、つまり流行歌手をめざしたり演劇を試みたり、ギターリストにあこがれて師についてみたり、はたまた流行り始めたボウリングのプロになろうと（マイボールを作って）練習に通ったり、あれこれと呆れるばかりの転々ぶりだった。

どれ一つとしてモノにならなかったのは、身のほどを知らない焦りと欲が先走ったせいだ。まだ修業の途上にあって未熟は当然であるのに、いまの自分に満足できず、ロクに努力もしないで才能を疑い、自信をぐらつかせ、その度に他の畑へと気移りしてしまったのだ。それは、人のものを欲しがる幼児のようないやしさでもあったか、能天気な楽観主義というには甘すぎる、柔な生まれ育ちのせいでもあったろう。

どうすればよいのかと、路頭に迷うような心地で三学年の専門課程を迎えていた。どの分野を選択すればよいのかもわからないまま、ただ小説家を養成するという目的が面白そうだという理由だけでもって、文学部では新設の、定員が三十名と限られた科へと潜り込んだ。実際、他の学部も受かっていたなかで文学部を選んだ理由が芸能関係の仕事につくにはいいのではないか（有名な女優も通っていることだし）といったロクでもないもので、動機からしていいかげんなものであったのだ。

そこに現れたのが、その新しい学科を提唱して創らせた教授で、かつてみずからも小説を書いた時期があり、研究者になる前はペンネームでいくつかの作品を発表し、サムライものが映画化されたこともある、江戸（西鶴）文学の権威といわれる人だった。そのゼミを受ける一方、研究室にもお邪魔して、その度に持参した（師の好物であった）ウィスキーを昼間から飲みながら、作家というものがいかによい仕事か、魅力のある職業であるかをトクと聞かされた。文壇にも詳しい師のそういう話を直《じか》に聞いて、すっかりその気になった。それは、いわば「面授《めんじゅ》」なるもので、書物などに書かれた話とは違って、師の温かい説得力のある言葉、肉声を真正面から礫《つぶて》を浴びるように聴かされたことによるのだろう。

その時期を境に、それまでは浮ついてばかりいた日々が、やっと定住先を得たように一つ所に留まった。小説といえるものをまだ一篇《ぺん》も書いたことのない私へ、師が言い渡したのは、ただ十年の間、何かを書き続ければ何とかなる、という一点だけだった。大学を休学して海外へ無銭の放浪旅に出るときは、小説のネタを探してこい、とハッパをかけられて、その紀行を卒論にもしたのだった。

そうして十年後、同じ旅を題材にした作品でもって一応のデビューを果たしたのだったが、未だペンで食べていくことはできず、しかし、アルバイトを転々して命をつなぎながら書き続けた。結果、一つの実りを得ることになるまでの顚末は、下世話な一身上の話も含めて紆余曲折の連続であり、それだけでひと巻《まき》になるようなものであったが、それからがまた新たな問題に直面しながらの歳月が待ち受けていた。

いま振り返って思うに、名だたる賞を受けたことによって、ある種の驕りと油断が生じていた。賞を受けた作品以降は、出す本がことごとく売れないという現実への不満に加え、みずからの将来に対する不安を逃れたいという、まさに諸々の足るを知らないことに起因する、深刻な不善心を身内に巣くわせていったのだ。

それまでは純粋な友情に支えられていた人づき合いも変質しはじめ、悪人の影が忍び寄ってきた。巧みな言葉で欲の皮を隠した怖い人影を（異国に落ちてからも）防ぎ切れなかった愚かさはいかんともしがたく、膨大な時間とカネを無駄にした。贋者《にせもの》を本物と取り違える過ちをおかし、その魂胆に翻弄された。みずからの性には合わない儲け話を持ち込まれ、真に受けて逆に利用されたり、当たれば御殿が建つといった夢まぼろしを追いかけたり、さまよってばかりいた頃の生来的《みつご》なタマシイが蘇ったかのようだった。それらがことごとく失敗に終わっていくのと並行して、本来の稼業もまた下降線を辿った。一つきりであった新聞小説で最後の花を咲かせたあとは、どこからも注文が来ないという案の定の行きづまりを迎え、いよいよ窮地に陥っていったのだった。

みずからの力不足、選択の誤りなどを、当時はおよそ他のせいにして真剣に省みることがなかった。ために、安直にも生活がラクになる国へと落ち延びていったのだが、もとより凋落《ちょうらく》の原因とその真相を知り得ない人間に、異国で再起などできるわけがない。あたかもウィルス的に潜在する性向をそのまま海外にまで引きずって、同じ罪をおかす犯罪者のようなものだったか。故国とのシガラミを断ち切れず、モノ書きの本道を外した行為、行動の数々は、落人がみずから墓穴を掘って、そこへと身を沈めるような結果しかもたらさなかった。

要するに、それは自分自身の生き方に問題が多すぎたことによる当然の成り行きと結果だった。そのことを真剣に省みることなく成れの果てまで来てしまったのは、まさにみずからの無知、無明（最も危険な心〈煩悩〉の元凶としてある）の結果でしかなかった。それをなぜ当時の自分は他のせいにしようとしたのか？　ある種の開き直りだったか、それは他の力がはたらいた結果としてやむを得ないことだと考えていた。まるで世を拗《す》ねたような、背を向けながら断ち切れない故国への悔恨と憤りをともなう悪しき感情が張りついていたのではなかったか。

移り住んだバンコクで、アパートメント裏手の小路にあった、一軒の屋台カフェーで始まったのはそのような問いかけだった。そこから眺めた路傍の光景――、すなわち托鉢僧と民衆の布施風景は、それが動機となって出家したあと、みずから体験することになったことで、いっそう特別な意味を持つものとなっていった。人の生まれ育ちと環境なるもの、人世の数知れない因縁とその結果、苦をもたらす煩悩の数々……、そういったものがどうにかかわりかけてきたのも、僧院に暮らして仏法を学ぶなかでのことだ。

日課としての托鉢歩きのなかで、とりわけ胸を打たれるのは、在家であった頃とまったく同じ光景――、親に連れられて小さな掌を合わせ、神妙に経を聞く子供たちの姿や、また托鉢する少年僧らの、よい体験をしていると思わせてやまない、たくましい裸足の歩きと黄色い声で経を唱える姿だった。それらは、みずからの来し方がいかなるものであったかを映すものとして、まるでわが身に巣くった不善の真相が暴かれるような思いを抱かせたものだ。

ただ淋しい、というだけではすまなかった。心底に口をあけた洞《ほら》にヒュウと風が鳴るような心地というのか、放っておいてはどうにもならない、空洞をふさぐ術《すべ》もない欠落感というのだろうか。これまでの数々の失敗や過ちの因もここにあるという確信が、在家であった以前にも増してくっきりと、経を唱える度に浮き彫りにされていったのだ。

すべての因縁は、その洞に集結してくることに呆然としたほどだ。戦後に生まれ落ちた世代の、一つの生い立ちをもつ男の精神性の欠如、足るを知らないのも当然というほかない、やっかいな問題のすべての「因」がそこに集まってくるのを感じていた。

10

何かの役に立つだろう。

アーチャーンがそう考えて、チェンマイから三本の大きな蠟燭を携えてきた。直径が五センチ、長さが三十センチほどのそれを東大寺の参観受付窓口へ差し出すと、丁寧な礼が返された。

タイ僧が気に入った大仏をもう一度みせてほし

いというと、どうぞどうぞ、と受付の人は応えた。

心残りを解消すべく、私が大仏の前へと進み出ると、アーチャーンもついてきて、ふたり並んで五体投地の礼をくり返した。三度目には石の床に額を打ちつけてしまい、そのドジもまた未熟の証しだったたか。

大乗仏教（マーハー・ヤーン）についてはほとんど知らないアーチャーンであるが、一切の偏見がない平和を旨とする仏教の申し子だ。華厳経の唱えになじんだ大仏、盧舎那仏《るしゃなぶつ》であっても、太陽のごとく世を照らし人々を救いと悟りに導く教主という意味では同じであり、はるかインドの原始仏教《テーラワーダ》が原点としてある以上、タイ僧の三拝には何の問題もないはずである。

アーチャーンが、トゥルン、と私を呼び寄せて、

「皆さん、写真は撮っているけど、掌《て》を合わせている子供がいないね」

耳元でそう囁いた。これもさすがの観察眼というほかない。この子たちはいったい何を修学しにきたのだろう、とブッダの前では合掌する人ばかりのタイから来た仏弟子は思っているのだ。

「みんなカメラマンだね。写真を撮ってお終《しま》い」

笑って応えたが、内心はいささか複雑だった。戦後教育の、いまに至る希薄な精神性をこんなところでも感じさせられるとは思わなかった。古《いにしえ》の仏教国の抜け殻たちを見ている

ような心地がしたのも、私には自然な感想だったか。

しかし、その宗教心の乏しさを子供たちのせいにするわけにはいかない。いつだったか、奈良の伯母（母の姉）が戦後世代の私を称して、アナタたちが可哀想だといったことがあるけれど、その意味がわかるようになったのも、異国へ落ち延びてからだった。そこにあるのは、戦前・戦後の断絶であり、なかでも精神性の欠落、あるいは希薄化は、心の豊かさを経済のそれと混同した社会通念にうつされて、人の生きる縁《よすが》、拠り所まで失わせるような事態を引き起こしていったのだ。空洞《ほら》化した精神ほど性《たち》の悪い問題の元凶《おおもと》はないことを思い知らされてきた老僧には、アーチャーンの一言が聞き捨てならないものに思えたのだった。

雲が切れて、快く晴れ上がった。これまでの日々、曇ることはあっても雨にたたられたことはない。雨の多い季節としてはめずらしいことだ。

アーチャーンの徳《ブン》のおかげ、と私がいうと、

「いや、運がよかった。それだけだね」

ゆるりと首を振って応えるのへ、

「アーチャーンの善行の結果」

と、私は言葉を返した。

善なる行為を重ねていると、善なる果がもたらされる、いわゆる「善行善果（タムディ

ー・ダイディー）」は、日頃の行ないがよいため悪いため、云々といったわが国の言い種《ぐさ》に通じるものがある。その善行による「徳」をどれだけ積み重ねられるかで、来世の行き先のみならず、現世での益もふさわしいものが得られるという原理は、タイ仏教の伝統としてあるものだ。むろんそれは、民衆教化の方便としてあるものだが、確かに人の一生における真相を表すものであることは、私自身の人生を振り返るまでもなく首肯《うなず》けるような気がした。

＊

拝受した私の法名〝アマロー〟とは、人が死してゆく天界に住む「天人（テーワダー）」のことだという。アマリットなる不死の水を呑むことができ、心と身体を（従って煩悩をも）備えながら、永いながい命を持つ。いずれ再び別のものに生まれ変わる（天界での過ごし方、生き方によって決まる）とされるが、せめてそこへ行ける程度の者にはなっておけという意味での命名なのだろう。

時おり、アマロー・ビク（比丘）、とトゥルンに替えて呼ぶことがあるアーチャーンは、その度にほのかに笑ってみせる。その名にふさわしい行ない、僧らしい姿カタチをしているか、アーチャーラ・コーチャラを問いかけているようでもあった。

私には、前世も来世も信じ切ることはできない。死後の行き先（来世）としてあるアバイヤプーム（天界、人間界以下の地獄、修羅、畜〈動物〉、餓鬼）へ落ちたくないと、本気で思っているわけでもない。ただ、人の死に際というのは、それまでの人生で積み重ねてきたものが正直に出るものだという思いだけは、父母のそれを見てきた私には拭い去ることができない。まっとうに人生を過ごし切った者は、それに相応《ふさわ》しい終わり方をするものだという心象は、善行より不善行のほうが重い私が抱《いだ》く、自然な感想であった。

もっとも、不慮の事故に遭った人や戦争の犠牲者などは、また別のむずかしい話になってくるのだろうが……。

かすり傷ひとつ負うこともなく、未だ新品と変わらない母のサンダルを踏みしめたアーチャーンを無事、関西空港まで送り届けた私は、再び奈良へと引き返した。

駅に降り立ち、三条通りへ出ると、夕刻から降り始めた雨が本降りとなっていた。ついに来た、冷たい、梅雨の前ぶれのような春の雨だった。これまでの日々、朝夕は冷えたが風邪もひかず、ビールの旨味に浮ついたほかは意見の衝突もなく、私の帰国ボケと女性の衣への気づかいはあったが、老若の呼吸がよく合った旅であったことが何よりの善果だったか。

アーチャーンのいなくなった部屋が、いささか淋しい。

11

私だけが奈良でもう一泊し、翌朝六時に玄関を出た。ふだんは托鉢に歩く時間であり、早すぎることはない。

予定通りの、故郷への道である。しかし気が晴れないものだった。アーチャーンにはとても見せられない、見せれば仰天してしまうにちがいない、長い俗世の時代に積み重ねたシガラミ、切ってもきれないものを、なおも影のように引きずる旅であるからだ。

戦時中、大阪空襲で焼け出された父母が二人の娘（私の長姉と次姉）を連れて疎開した田舎である。姉たちは大阪で生まれたが、私だけが戦後にその父の古里で誕生した。兵庫県の分水嶺より少し南、内陸の田園地帯にあって、冬場は氷点下まで冷える。

市駅まで、ちょうど仕事が休みの息子が迎えに出た。加古川線の終点（西脇市）に着く時刻を予《あらかじ》め告げておいたから、改札を出るとすぐにその姿が手をあげた。この前はいつ会ったのか、出家する以前のことで思い出せないほどだが、四、五年は経つんじゃないか、と息子は車を出しながらいった。その間、メールなどで通信はしていたが。

「お母さんはどうした？」

私は、真っ先に聞いた。

「今朝《けさ》から出かけた。しばらく居ないよ」

笑いながら答える。三十歳もとうに超えて、やっと男女関係の大変さがわかってきたせいか、以前にはあった蟠《わだかま》りが溶けてきたような物言いをする。

「逃げなくてもいいのにな。鬼が来たんじゃあるまいし……」

私がいうと、またフフッと笑った。癌センターでの入院中に親しくなった人がいて、私が田舎に滞在する間、そこに居るという。

息子は、当時の妻とは別のその女性との子供で、認知はしてあるが、姓が私とは違っている。その子がある日、実家が空き家になっているなら住まわせてくれないかといってきた。自分がいま始めている仕事、ゴルフの手造りパターの製作には格好の環境である（機械音が周りの迷惑にならない）というので、私は二つ返事で承諾した。

ところがその後、私とはすっかり疎遠になっているその子の母親まで来ることになるとは、思いもよらない成りゆきだった。乳ガンという病に侵されたのは数年前だったが、紆余曲折の末、県下の癌センターでやることになった。その後、どこで療養するかという話になった際、頼りにすべきは息子しかいなかったことから、手術した病院にも通える私の実家に住むことになったという次第だった。

出会ったのは、彼女が長く勤めていた会社をやめたばかりの頃だった。母親の住む北国の田舎へ引っ込むつもりであったのが、それをきっかけに再び東京へと舞い戻った。当時、私が住んでいた中央線沿線の町へとやって来て、別に安アパートを借り、仕事もみつけて住み始めたのが、すべての始まりだった。

そもそも、出会って間もなくの頃から、うまくいかない相手だと感じていた。その度に、別れを考えたにもかかわらず、実行に移せなかったのは何ゆえだったのか。人体の不思議のように解くのはむずかしいが、いま振り返れば、私という人間の本性にある「執着」という名の「苦」をもたらすだけの危険な不善心に因《よ》るものだったろう。

無理にでも別れるべきだったのだろうが、そうしなかったことを悔いたのは、何年か経って、子供を産むかどうかの瀬戸際に立たされた頃からだ。いったんは田舎から出てきた母親や姉御の意見を受け入れてあきらめていたのを土壇場でひるがえし、病院へは行かずに臨月まで過ごした。産むことに私が反対しなかったのは、三人の子供たちがすべて別居中の妻（後には離婚することになる）の側にとられてしまったという思いから、もう一人、近くにいてくれるのがほしい、といった気持ちがあったことも確かだ。が、それ以上に、相手が最終的に下した重大な決断は認めるべきだという考えがはたらいたせいでもある。

しかし、それを機に事態はさらに問題の多い状況へと向かう。すなわち、子供ができてからはいっそう、ふつうにある男女の相違を超える（と私には思えた）、人格を構成するあらゆる要素がかみ合わないといいたいほどに、何かにつけて衝突を起こした。要するに、お互いに出会ってはいけない相手と出会ってしまったということだろう。

ある日には名の知れた占い師にもみてもらう機会があって話を聞けば、その人には触らないほうがいい、などといわれてしまったものだ。確かにそうかもしれないと、半ばあきらめの境地にもなったのだったが、そうした相違の本質を考えてみれば、いい子すぎるほど純粋で真っ直ぐな、潔癖そのものの相手に比して、こちらはあまりに正反対の不埒で優柔不断な人間であったことだろうか。モノ書きのコヤシと言い訳をしてくり返した、他の女性との付き合いを暴かれる度に怒《いか》られているうちはまだよかった。妻の側にいる子供たちに会いにいく度にくり返される、これまたあまりの嫉妬に私のほうが根負けして、一時は籍を入れることで宥《なだ》められるかと考え、相手も同意して市役所へと足を運んだこともある。が、建物を目の前にして、やっぱり考える、と呟いて踵《きびす》を返してしまった、その突然の心変わりには驚いたものだが、一時の気の迷いからその場しのぎをやろうとした過ちがくり返されることがなかったことで、私としても胸を撫で下ろしたのだった。

だが、それで事はおさまるはずもなく、次には自死のまねごとまでやってのけるに至って決定的となる。つまり、それ以降は呆れ果てたようにおとなしくなり、よほど必要なこと以外はモノをいわなくなった。まるでアカの他人のような関係を選んだのは、命すら危うくするような男と向き合うことの辛苦から逃れるため、また私にとっても取り返しのつかない事態に陥るのを避けるためには受け入れるしかないことだった。離反の因と責任の大部分は間違いなくこちらの側にあったことを思えば、ただ性格の違いなどといってすませられる話ではないのかもしれなかった。私のような者がこの世に存在したこと自体が相手にとっては迷惑であり、気の毒であったという、人と人の出会いにはあり得る宿命的な何かであったと、いまは思える。

ただ、そこにもあった唯一の救いは、誕生した息子が、預け先の保育園の先生までが家族のようにして連れまわすほど愛くるしい幼な子であったことだ。お互いに触ってはいけない関係になったことと引き替えに、その仲立ちをするかのように愛息が存在したという皮肉のおかげで、これまで何とか消息だけは保ちながら過ごしてきたのだった。まるで鎹《かすがい》にされた子供もいい迷惑であったか、どれほど不自然な間柄の父母であろうと、その環境と影響の下で幼少年期を過ごさざるを得なかった。それを思えば、まっとうに道を逸れずに生きていくことなど、ムリというものであったかもしれない。

*

息子が九歳のときにゴルフを始めたのは、私のすすめからだった。それは、いっぱしの文学賞のおかげでけっこうな収入があった頃のことで、本人は喜んで野球から転じ、ジュニア・ゴルファーとして練習と戦いに明け暮れた。そして、高校を中退して豪州へと旅立つことになったのだが、はじめは息子の留学に反対だった母親も、その後、追いかけて共に暮らした。その行動は、耐えがたい淋しさに加えて、私の近くにひとり身を置くことをきらったからであり、さらに遠く海を隔てた離反が始まったのだ。

中学受験までして入れた学校を中退させてしまった私を母親は恨んだものだが、現地シドニーのハイスクールに入り直してゴルフ修業に打ち込む息子との二人三脚の日々は、アマチュアとして何度も優勝を飾るまでの成果をもたらした。が、帰国後の大事な時期に大きく横道に逸れてしまい、異国で五年の歳月を過ごしたことを忘れてしまったかのような状況となっていく。

実際、息子の変節もまた私の理解を超えていた。豪州での活躍をみれば当然のプロ転向があると信じていたにもかかわらず、帰国後のプロ資格を競うトーナメントでは最後にわざと失敗する。それは落選してしばらく経ってから私に告白したことで、このままプロになっても世間知らずのプレーヤーになってしまう気がして、と告げたのだった。それ以降、長距離トラックの運転手や自動車の組立工、工作機械の会社などへと転々し、本来の道を大きく逸れてしまったのだった。

その心のうちは何だったのか、わからないままに長い歳月を過ごした。みずからの欲目からゴルフなるものに勝手な夢をみて、息子の栄達ばかりを望み、それに囚われ続けた。期待をかけ過ぎたことが重荷となっていたのかもしれない。息子自身の思い、考えを尊重することもなく、また知ろうともせず、一方的な親の方針だけで事をすすめていた、そのことが大事な場面で反抗心につながったのかもしれない。母親とは不仲の変則的な親子関係、家族としての結束のなさ、そういった生まれ育ちにまつわる諸々の条件が青春期に生きる道の選択を迷わせ、職を転々する大きな因ともなったにちがいなかった。モノ書きとして一時的に羽振りがよかった頃、高価なスポーツを始めさせた親の驕り、身のほど知らずの夢は、そのまま息子の生き方に反映し、親の理解を超えた行為、行動をもたらしたのだ。

息子だけの責《せい》ではない……。

残念な思いのなかで、私は呟いていた。

実のところ、異国暮らしも後半を迎える頃に通い始めた、アパートメントの裏手にある屋台カフェーから眺める路傍の光景——、僧と民衆の托鉢風景が私に人生のやり直し、出直しを迫っていた時期、そうはいってもすぐには実行に移せなかった。長い俗世の暮らしから見知らぬ世界へ飛び込むことには不安があったのと、テーラワーダ仏教についての勉強もある程度はしておかねばならないと考えたからだった。その準備をしながら、ある日から一念発起して、最大のシガラミであった息子への思いに整理をつけるべく、私自身がゴルフ修業に打ち込むということをやったのだった。

動機の一つには、子供の頃にあこがれたプロ・スポーツに最後の挑戦をしてみたい、というのもあった。が、それ以上に、道を逸れている息子に自省を促すには、父親みずからがシニアのプロをめざしてやり始めたことを示すほかはない、と考えたのだ。そのことにどれほどの効果があるのかはわからない、あきれた執着《こだわり》というほかはなかった。が、とにかくやってみようという、捨て身の賭けごとに挑むような心境であった。

そして丸四年の歳月が経ち、それなりの成果も得て、そろそろ最初の挑戦をしてみようかと考えていた矢先、突然の挫折を余儀なくされてしまう。というのも、その息子が私の乏しい預金のほとんどを、切り替え時に田舎（兵庫の本籍地）へ送られてきたクレジット・カードを使って引き出してしまうという、思いもよらない出来事が起こったからだった。折から始めていたパター造りの資金にするためだったというが、使途についてはそれだけではないようだった。が、それによって、試合のエントリー費その他にかかる費用をまかなえなくなったばかりか、無一文《スッカラカン》といってよい状態に陥ってしまったのだ。

私が最終的に出家の決心を固めたのは、確かにそうした経緯もあったが、それだけではなかった。何をやっても上手くいかない異国暮らしのなかで、この挑戦もダメなら仏門に入ることに決めていた、という背景があった。それがつまり、屋台カフェー通い（ゴルフ修業中も朝は必ず立ち寄っていた）のなかで得た仏教なるものとの出会いであり、不幸中の幸いというべきか、私にはそれがあったがために、むしろ潔い切り替えができたのだった。

決心をして間もなく、タイ人の旧友、C君の縁故を頼ろうとして連絡をつけた日——、折あしく、従兄であった大僧正の死と、それと同時期の実弟の還俗に直面した。その後に、今度はFの昔の知人僧からの手紙を、厚さが十センチほどあった恋文の束のなかに発見したのだったが、不思議な因縁はそれからも続いた。出家先をチェンマイの僧院に決めて準備を始めた、そのさなか——、C君から、還俗したあとも高僧に知り合いがいる実弟に頼んでおいてくれた話がうまくいったという知らせが届いたのだった。チェンマイをキャンセルするようにというC君の強いすすめに迷い、しばらく考えた末、やはり決まってしまった方をとることにしたのだったが、それが正解だったにちがいない。

後日、その顚末をアーチャーンに話すと、もしトゥルンがワット・ボウォンニウェートに行っていたなら、三ヵ月しか持たなかっただろうといわれて、その通りだと応えたのは、わが身の甘さを自覚していたからだ。タンマユット派《ニカイ》（ラーマ四世〈モンクット王〉が親王の時代に宗教改革をなした少数派）のきびしい戒律のもとでは、とても長くは耐えていけないことを見抜かれていたようだが、実際、その総本山で修行をした日本の学者たちは、せいぜい三ヵ月から六ヵ月のかぎられた期間のみで還俗している。まだしも緩やかなマハー・ニカイ（タイ全寺の九十パーセント余りを占める多数派）の寺院であったからこそ、いまのトゥルンがある、などといささか喜ばしげにいわれたもので、これまた何かの縁がそうさせたのだろう。

ともあれ、私の出家がなければ、息子の改心もなかったにちがいないことも転変のなかの奇縁といえたか。自分の不善行のせいでそういう成り行きになったことに、さすがに申し訳ないことをしたと思ったらしく、それからは心を入れ替えて、もう一度プレーヤーとして再起するための行動を始めた。無断使用した百万円にも満たない金が父親の所持金のほぼ全部だったことを知って、ある種のショックを受けたことも心を改める理由としてはたらいたようだった。

そうして、私が望んだ方向へと思いがけない変わりようをみせた。息子が再起を期すための環境として、ゴルフ場の数ある私の故郷は格好の地だ。以前の経歴からすれば、どこでも研修生として受け入れてもらえるからで、新たな出発をするにはふさわしい土地柄であったのだ。

しかし、息子の十年ほどに及ぶ変節に対する心痛は、その母親のほうがより大きなものだった。お母さんはアナタをそんな危険な仕事につかせるために産んだんじゃない、と面と向かって叫んだこともある。何のためにオーストラリアで、アナタのキャディまでして頑張ったのか、よく考えなさいよ、と。その失望感は危険なまでの色を呈していて、そのせいもあったのだろう、果てなるガンは両乳房を全摘するという大手術だった。そのことで、またしても息子の後を追い、共に住み始めることになる。豪州でもそうだったが、私との関係が子供を介してのみと化した後は、息子を頼るしかない状況にあり、やむを得ない東京からの移転だった。

息子によれば、本当は私の実家などに住みたくない、できるだけ早くに出ていきたい、という希望を持っているらしい。が、それが思うようにいかないのは、ひとえに経済的な問題からだった。まだ独り立ちしていない息子は収入が乏しく、やっともらえるようになった年金も月々の生活と病院の費用をまかなうに十分な額ではない。

そこで手を差し伸べたのが、退職した夫とともに堅実な老後を過ごす私の長姉だった。他人となった男性《ひと》からは一切の援助を受けないと決めているけれど、その姉からであれば受けるという心理もよくわからない。が、背に腹は替えられないといったところだったか。家そのものにかかってくる税や光熱費、老朽化した家の時おりの修繕費、さらには住む以上は必要な村の公益費、それらの足りない分を補給してもらって、どうにかやっていけているという次第だった。

昔から弟おもいの姉だったが、やっかいなお荷物を引き受けてしまったものだ。私のほうはそれに甘え、放り出して僧院暮らしを続けているのだから、責任逃れともいえた。いい気なもの、という自責の念もないわけではない。この先、負担を早く軽くしてほしいという気持ちが姉にあるのは当然のことで、むろん援助する代わりに、そのことを息子たちに言い渡してはいるのだが……。

複雑にからまる因果の連なり――、果ては異国へ、出家へと向かう因と果は解きほぐすのもやっかいなクモの糸と糸だ。その成り行きに、よくも悪しくも関わってきた息子は、いま私を乗せて故郷の道を走っている。

「ゴルフの調子はどうだ？」

と、私は息子へ顔を振り向けて聞いた。

「最近、やっと昔の感覚が戻ってきたようだよ」

「これからだね、お前にはもともとある感覚だ」

「まあね」

運転は上手い。市駅を出て、低い山並みに挟まれた道をほぼ真北へ。途中でスーパーマーケットに立ち寄り、食材などを仕入れる時間を含め、小一時間で着いた。

12

その界隈では唯一のこった藁《わら》屋根の古民家だった。釘を使わない梁《はり》は未だ立派で、百年以上が経ってもビクともしない。

格子の引き戸を開けて、玄関を入った。

内庭に衝立を隔てて工作機械と部品が並び、製作中のパターが幾本か立てかけてある。いまは、研修生としての仕事の片手間に機械を動かしているという。

別館の二階、私の昔からの書斎へと上がる。

母屋と棟つづきに両親がそれを建てたのは、元妻側の義父母に対抗して、孫たちを迎え入れる準備のためだった。が、私の離婚によってその望みは絶たれた。それ以来、孫たちをあきらめた代わりに、結婚しなかった女性との子供の存在によって（私の帰省時にくっついてやって来ることから）、父母は慰められるということが起こっていた。私の不善行を全面的に許していたとは思えないが、さほど咎めることがなかったのは、それが一つあったにちがいない。

その別館の一階に、いまは息子の母親が住んでいる。二部屋あるうち、本棚の並ぶ一室にいまもある一台のピアノは、父母が孫たちに弾かせるために買い入れたものだが、すっかり埃をかぶっていた。その部屋と襖《ふすま》で隔てられた八畳間をのぞくと、朝の早い時間に私を避けて出ていった後のぬくもりが残っていた。

二階への階段には、手すりがあった。それがあるのをありがたく思うほどに、やはり歳をくっているのか。

母は、私の帰省中はよく、その手すりを伝って上ってきた。まだ寝ている最中に突然襖を開けるので、文句をいうと、判で押したように、いつまで居るのかと聞いてきた。明日は東京へ帰る、などといった日にはひどく驚いてみせ、アンタをビン詰めにして鍵をかけておく、などと真顔で口走った。私の気ままな国内外の旅に小言の一つも口にしたことはなく、可愛い子には旅をさせよ、というのも口ぐせだったが、本心は違っていたのかもしれない。オシメを替えてくれる者がいなくなるのを心配したせいもあるだろうか。わるいなぁ、アンタにこんなことさせて……、と替える度に詫びたものだ。

たっぷりと埃をかぶった部屋の掃除にかかる。何年か前の、ひとつも触《さわ》られていない形は、息子も母親も上ってきたことがない証拠だった。しかし、意外と廃屋《はいおく》のようにはなっていない。掃除機と雑巾を使えば、十分に住める空間になりそうだった。

窓から前方に田畑、右手に裏山がみえた。低い、標高が数百メートルばかりの山並みだ。それがあるために日没が早く、午後三時過ぎともなると陽が隠れる。日陰にならないうちに、まずは湿っぽい布団をベランダの窓から瓦の屋根に出した。

＊

この別館へ妻子が来なかったのは、むしろ幸いだったかもしれない、と思った。おかげで、父親の書庫かつ私の書斎となって、帰省の度にモノ書き仕事もできていた。いくつかの作品は、東京の仕事場を離れて田舎で書いたものだった。

しかし、父母には淋しい、不便な思いをさせたことに変わりはなかった。母は八十代の後半には痴呆になって施設に入ったが、父は独り居残り、たまに同じ市内に住む次姉の手助けを受けながらも、日常の作業はおよそ自分でこなさねばならなかった。七十五歳時にガンに侵された肺の片方を全摘したせいで、年ごとにその傷跡の痛みが増していった。そのことを帰省の度に訴えていたが、同時に上体の傾きも増していき、十五年後にはついにバランスを崩して転倒した。自力で台所に立って（食事を作って）いる最中のことで、次姉にやっと電話で助けを求めて迎えにこさせ、病院へ向かったきり、家には帰れなかった。

それやこれやの背景には、やはり上手くいかなかった最初の結婚があったことを思わざるを得ない。こちらもまた、長男と長女が出会ったことからくる、現実的な問題がつきまとっていた。学生の頃からモノ書きの仕事をめざした私は、修業の場として東京に住むことを選んだ（それがベストといわれていた）のだったが、田舎には父母がいて、籍を入れた以上は当然ながら孫たちが帰ってきてくれることを望んでいた。が、片や妻にもその存在を必要とした（商売上の助っ人としても）義父母がいて、双方の家同士の綱引きが続いていた。背後に富士山を望む新築の家まで建てた義父母による子供（孫）たちの囲い込みは、私の父母の願いを寄せつけなかった。はじめの出産を機に帰省して以来、東京へは戻らないことにした妻にとっても、それは好都合なことだった。収入の不安定な私との生活よりも、商《あきな》いが順調な実家に守られて暮らしていくほうが子供たちを育てるにはよいはずであったし、加えて、私と暮らしていた頃の何かと軋轢《あつれき》が生じた経験もまた、別居を続ける理由になっていた。

が、やがて事態は大きく動いていく。すなわち、ついに離婚という、これも数知れない因果の果てへと向かうことになる。不自然な、有名無実の夫婦関係を解消することで、待ちぼうけを食わされている私の両親をあきらめさせ、かつ将来に問題を残さないようにするためには、それが最善の法だという確信があった。折から、私には妻とは別の女性との間に子供ができていたから、そのことが発覚した日には、どんな諍《いさか》いが起こらないともかぎらない、という不安もあった。ちょうど正妻が愛人を訴えるという泥沼の離婚裁判を取材、執筆中であったこともあって、そういうことがあってはならない、という考えがはたらいたことも理由の一つだった。

しかし、そんな思いは心の内に秘めて、離婚の説得に当たった。はじめは世間体が悪いと拒んでいた妻を、家と家の綱引きはやめるべきだと強く説いて納得させることになったのだ。それはある意味で、私の臆病さと自我の発露による行動であったが、結果的には、深刻な争いを招く因を取り除き、妻にとっても心おきなく両親のもとで暮らしていけることになったことで、むしろ助かったといえる面もあるはずだった。

だが、妻と別れたからといって、もう一人と夫婦になるつもりはなかった。その頃はすでに破綻へと向かっていたから、それはあり得ないことであったが、それ以上に元妻との間の子供たちとも平等につき合っていくためには、以降も独身として中立を保つ必要があると考えていた。男女の関係がどうであれ（たとえ別れや離反があろうとも）、子供というかけがえのない存在と没交渉になることだけは避けるのが譲れない方針としてあったからだった。

世の中にはよく、離別に際して子供もろともに置いていく人がいるものだが、私にはできないことだった。その母親とは他人でも、子供はそうではない。が、そのような自分が、そうではない人よりも、より多くのしんどさを背負うのかもしれない、という思いは避けようもなくあった。毀《こわ》れてしまった男女の関係は、子供ともども捨て去るほうがよりラクに生きていけるような気がしたけれど、それができなかったのだ。

しかし結局は、中立のもくろみも思い通りにはいかなかった。双方の子供たちと分け隔てなく等キョリを保ちながら、その母親との関係も大過なく維持したいという考えなど、どだいムリな虫がよすぎる話だった。むしろ、中立は中途半端の語にも置き換えられるほど、父親の立場、存在感を危うくさせてしまうことにもなったのだった。

それぞれの側に費やす時間にも大きな差ができていった。元妻の側へ子供たちを訪ねていくのも手放しで歓迎されたわけではなかったことに加えて、そのことにもう片方の母親がひどく嫉妬して手がつけられないほど不機嫌になるという（これは入籍をやめてから数年後、すっかり離反するまでのことだったが）、二重の障壁が生じていたからだった。人には独占欲という怖いものがあるのを甘くみていた、このことも男の身勝手な考えが受ける報いだったか。

そうしたことから、一方への片寄りは避けられず、残念な気持ちが常にわだかまっていた。妻の側には三人目には男児が生まれたこともあって、いよいよ義父母の寵愛を受け、よろこんで囲い込みを受け入れていたから、こちらから会いに行くほかなかったのだが、東名（高速）バスに乗ることもいつの間にか年にわずかな回数となっていった。

一方、母子の側はその住まいが歩いて十分ほどの距離であったから、双方のアパートを行き来する暮らしには、それなりの恩恵を受けていたことも確かだった。その頃は、ちょうど三十五歳を超えて（教職の道も閉ざされ）退路を断った私がモノ書きとしての勝負どころを迎えていたから、男女の間のことなどは二の次の問題としてカゲをひそめてくれていた。それよりも、身近にみる幼い息子の存在は、未だ食えない身であった私にとって大きな励みになっていた。それだけが、中ぶらりんの中立のなかにあった唯一の取り柄であったのだ。

念願の文学賞に届いた踏ん張りは、そこから生まれていたことは間違いがない。両親からの経済支援や貴重な資料を提供してくれた弁護士らの協力など、他の追い風もむろんあったのだが、最大の心の支えとなったのはそれだった。

しかし、その息子の存在が後には稼業にも支障を来たすほどの束縛となり（さらにはその母親との離反をうながす因の一つとなるなど）、何かと苦労を強いられることになる。釈尊がその息子をラーフラ（「束縛」の意）と名づけたことを知ったのは出家してからだったが、まさに仏法にいう危険な「渇愛」と「執着」がもたらす足枷《あしかせ》のようなものといえたにちがいない。

当時のそれやこれやを振り返れば、手足までも縛られて、それがガン化して身体をほろぼすことがあっても不思議ではなかった。そうならなかったのは、その母親とは違う性格ゆえであったか、どこかに子離れを強いる（それが正しいと）開き直った考えもあったことが幸いしていたような気がする。

13

次の日、朝から山腹の墓地へ向かった。

夜中に鹿や猪《いのしし》が出て畑を荒らすというので、金網の柵が山裾に沿って張りめぐらされている。自然の破壊や環境の変化で食に窮した生きものが、やむなく人里に現れる、それを食い止めようとする人間の業……。山道の入口には頑丈な鉄の扉が据えてあり、その門を引き開けて入ると墓への坂道だった。

苔むした石や枯草に覆われた細道を、私はサンダルの足元へ滑らないよう注意を払いながら上っていく。百メートルほども行くと、右手にひらけた平坦地に数十基の墓碑が建ち並んでいる、そのうちの一基、入ってすぐの碑がわが家系のものだった。生前の父が新しく建て替えたもので、墓碑銘は書家でもあった母の字で刻まれている。

その墓前へ、アーチャーンとともに奈良の家で使ったものを並べた。といっても、聖糸（サーイシン）だけは無用として外してある。ブッダ像と線香と蠟燭、それに買ってきた樒《しきみ》の束を壺に挿した。奈良での十三回忌をここでも少しくり返しておこう、と思った。今度は一人の唱えだった。

〝ヤッサ　サッター　タターカテー　アーチャラー　スパティーティター……〟

――〈釈尊の教えた〉その真理を解り、疑いもなく真っ直ぐに信仰する者は、称賛され、よく栄えて、その人生を実りあるものにする。そして、その生涯を貧しい、空しいものにしない、と謳う。

父もまた敬虔な仏教徒だったが、父母の最期に見たものは、この唱え文の通りだったか。

〝エーワンメー　スタン　エーカンサマヤン　パカワー　サーワッティヤン　ウィハーラティ　チェー　タワネー　アナータ　ピンティカッサ　アーラーメー……〟

――釈尊がサーワッティ（＝シラーヴァスティ）という都市《ナコン》の〈祇園〉精舎（ヴィハーラ）に住まわれていた頃、サンガの弟子たちを呼び集めて説教をされた。すべての比丘たちよ、と呼びかけると、はい尊師よ、と弟子たちは答えた、その後で、このように説かれた。

――私のような者（ブッダ＝悟った者、の意）がこの世に現れようと現れまいと、理法によって定められ確立された真理がある。私（釈尊）はそれに完璧に目覚め、理解した。

そう述べてから、明快に宣せられた。この世に存在するすべてのものは永遠ではない。人間という存在そのものが無常である、と。

「無常」のパーリ語は〝アニッチャー〟という。タイ語では「マイ・ティヤン」すなわち「正午ならず」と表現される。日常の勤行においても欠かさず説かれるのは、釈尊の悟りの中核をなすものだからだ。まるで時計の秒針のごとく、すべてのものは一時も同じところに留まってはいない。人もまた同じ、老病死へと避けがたく向かう月日もまた、刻々と変わりゆく瞬間のつながりである。

〝ウッパーターワー　ピッカウェー　タターカターナン　アヌッパーターワー　タターカターナン　ティターワサーターートゥタンマ……サッペー　サンカーラ　ドゥッカー　ティ〟

——私（釈尊）のような者がこの世に生まれ出ようと出まいと、動かしがたい理法と秩序というものがある。私はそれを明確に理解した。そう述べてから、こう宣せられた。この世のすべての姿カタチ、その状態は「苦」である、人間という存在そのものが「苦」である、と。

人は誰も、すべてのものが変わりゆくことを望んではいない。老い病み死に至ることはもちろんのこと、愉しい、快い日々などは永く続いてほしいと願っている。が、そうはいかない。はかなく消えていく、いずれは滅んでしまうことなど、いやなことに決まっている。それを無常の苦（ドゥッカ）とし、これまた真理としてあることを謳い上げる。

さらに、経は続く。

〝ダン　タターカトー　アピサムプーチャティ　アピサメーティ　アピサムプーチッタワー　アピサメータワー　アーチッ　カティ　テーセーティ　パンヤペーティ　パッタペーティウィワラ　ティウィパチャティ　ウッターニー　カローティ　サッペータンマー　アナッター　ティ〟

私のような者がこの世に出現しようとしまいと、動かしがたい、あらゆる現象を明らかにする法の真理がある。私はそれに真っ直ぐに目覚め、その完全なる理解に到達した。それは、この世のすべての現象、その真相は「無我（アナッター）」である、その真人間という存在そのものが無我である、と……。

唱え終えて、合掌をといた。

経本を閉じて、本当にそうだったと思う。すべてのものが無我——

「我《が》に非ず」とはその通り、それもこれも自分の思うようにはいかなかった。変転きわまりない因果の連なり、無常も含めて、ブッダはそれが人間の本質であり、当然のことと説いてその認識を強いる。そんなことも知らなかった無明の「我」は、その苦に翻弄《ほんろう》され、無益な時を費やすばかりだった。みずからの心と身体は自分の意のままになると思いこんでいた。何でもいうことを聞いてくれる、いや聞かせねばならないと思っていた。それがそうはいかないことに苛立ち、腹を立て、何かと過分な言い訳をしながら、他人《ひと》のせいにもしながら、この歳まで過ごしてきた。

「我」はまた、一瞬たりとも同じ姿、カタチで留まってはいない。因縁とそれがもたらす結果が隙間なく連なって、それぞれの結果はその瞬間だけの現象にすぎない。ゆえに、何ごとであれ思うこと、行動すること、そしてその結果も、他者の、自分以外のもの、環境と周りからの情報や思惑による影響を免れ得ない。ために、自分が何を望もうと、よい結果が欲しかろうと、そうはいかないことが多い。

実際、病院には病気になりたくなくてもなってしまった人の群れがある。いくら健康への配慮をしても限界というものは避けがたく、みずからの身体でさえ望み通りに支配することはできない。ボケたくないというのが口ぐせだった母も、結局は老いには勝てずに呆《ほう》けていったのだ。実に「苦」でしかない無我ゆえの、人間の宿命……。

もっと早くに、こうした真理の法を、その教えを骨身に受けていたなら、人生はどれほど違ったものになっていただろう。来し方よりはるかにまっとうな、すべてにおいて間違いの少ない生き方ができていたような気がしてならなかった。

微風をともなった山の気がチーウォン姿の身にうすら寒い。湿った落葉と土の混じった異様な匂いがいささか息苦しいのは、数々の名状しがたい追憶の束が押し寄せたせいだ。

＊

敷地の奥の隅に、五基の墓碑が建っている。村の戦没者のもので、なかに父の弟、私の叔父のものもある。

ソロモン群島の一つ、ブーゲンビル島が死地だった。すでに日本の敗色が濃厚になっていた頃、一枚の赤紙（招集令状）が来たとき、祖母は大事な息子が戦地へ行くことを望まなかった。ガダルカナル（餓島）をはじめ玉砕《ぎょくさい》に次ぐ玉砕が続いていたというのに、何ゆえにそんな孤島へと送られねばならなかったのか？

どうにか島には辿り着けたものの、米軍との戦闘はすでになく、軍艦や輸送船の沈没に次ぐ沈没で制海権を失っていた日本軍は食糧などの物資を運ぶことさえできなかった。結果、部隊は飢えに苦しみ、最後は蛇やカエルなどの野生動物を追いかける力も尽きて、死を待つしかない状況に陥っていった。死因は戦病死とあったが、事実は餓死だったと、父は私に話したことがある。

祖母は、それでも帰らぬ息子を待ち続けた。新嘉坡《シンガポール》が発信地の最後の手紙には、いまは元気でいること、これからどこへ送られるのかはわからないが、どうか母上もお達者で、云々という達筆の文面だった。祖母は、それを肌身離さず持ち歩いた。やがて、戦死の報は受けたが、どのような死に方をしたのかは説明されなかった。

実のところ、預けられた人から私が乳離れしたのは三歳の頃であったが、それからは、祖母が勤めに出て不在の母親の代わりをした。戦後の農地解放で自作農となった一家は、四反ばかりの田畑を持っていて、その農作業をやったり、当時はまだ柴刈りで集めた樹木を燃やして風呂を焚いたり炊飯などもしていたから、よく山へも連れていかれた。そうして野山に親しんだことで益するものはあったはずだが、祖母についての記憶は、あまりに強い印象を与えるものがあったことで、他のことはほとんど消し飛んでしまっていた。

それは、息子を戦争で失ったことの恨みだった。演習場のあった町（青野ヶ原）で最後に会って巻き寿司を食べ、別れたきり、一通の便り以外は一切の事情がわからなかった。

いったいどうやって死んだのやら……。

まだ幼い孫を相手に、柴刈り途上の山での休憩時などに、まるで経のように飽くことなくくり返したものだ。実は、餓えて死んだようだとは、父は祖母に告げなかった。

その叔父の戦死（享年二十三）から三年後、十一月の満月日、いや満月（十五夜）まであと二日ほどの日曜日、月齢でいえば12・9（中潮）という日に私は生まれる。忙しい農繁期で、家族は総出で田圃《たんぼ》へ出ていた。母の学校（当時は小学校）は休みで、折から稲の刈り入れの手伝いをしていたところ、夕刻になって陣痛をもよおしたという。いまのように病院で大事にされる時代ではなかったから、父親が深夜、月明かりの下、隣町まで自転車をこいで荷台に乗せて運んできた助産婦（当時は「産婆」と呼ばれた）の手で取り上げられた。自転車の灯火が要らない明るい夜であったことから私の名をつけたようだが、当時、まだ嫁入り前でともに暮らしていた父の妹（叔母）たちは、男の子と聞いてバンザイを叫んだという。

もはや駅頭に幟《のぼり》を立てバンザイ三唱で見送られることもなく、米軍に知られるのを恐れるようにひっそりと旅立ったと、いつか叔母は話してくれたものだが、とうに戦死公報が届いていたこともあって、その生まれ変わりとしての男児を喝采したのだった。

だが、祖母にとっては孫が息子の代わりになるはずもなく、ただその影をみていたのだろう、息子の名で私を呼び違えることがしばしばだった。返事をしない孫の顔をみてやっと気づき、苦笑した。むしばんだ胃ガンは胃壁の外、背中側にできていたから、最後までモノが食べられて、頭もしっかりしており、畳の上でその生涯（享年七十七）を閉じられたのはまだしもだったか。その死が近い頃には、ノボルが夢に現れてしかたがない、と世話をしていた次姉に告げた。前をゆく幼い子の手をひく女は、自分と息子で、その後に従《つ》いていくのも自分で、その子だけが何度もくり返しこちらを振り向いて、どこまでもいく夢だという。たぶん迎えにきたのだと、同じ夢をみる日々のなかで告げたのだったが。

テレビに昭和天皇がうつると、黙ってスイッチを切った。お国のために死ぬことを名誉とする風潮は、当時の世を席巻していたが、母性の真実はそれとは次元が違っていた。君死に給うことなかれ……、と詠《よ》んだ与謝野晶子は国賊扱いまで受けたが、祖母の本当の思いもまたお国のために死なせるわけにはいかない、というものだった。しかし、当時の若者の、志願してまで戦地へ赴くことを望んだ心理もまた、世相というものがもたらした。いまの私には、とうてい理解しがたい世界だ。それほどまでに、人は変わり世は移り変わる……。戦前から戦後への「断絶」の大きさたるや、まさに無常と無我、そのものでしかなかった。

五基の碑は、ずいぶんと古び苔むしていた。死地の記述も、ルソン島（比国）にて、とか、台湾・高雄方面にて、といった碑文もくっきりとは読みとれなかった。これも自然の法に従って、いずれは朽ち果てて、すべてが忘却のかなたへと去っていく。かつて日本がアメリカという巨大な国と、いや連合国という世界のほとんどの国を敵にまわして、アジア各国や太平洋を舞台に熾烈な戦いをくり広げたことも、人々の生々しい記憶とは無縁の歴史と化していくのだろう。

戦死者の前で、最後の経を口のなかで唱えた。

〝アティータン　ナーンワーカメィヤー　ナッパティカンケー　アナーカタン　ヤタティータン　パヒーナンタン　アッパッタンチャ　アナーカタン……〟

――賢人は、過去に怒りを抱かない。未来に心を煩わせることもない。何であれ、あらゆる現象はいまここにあるがままでしかない。そのことをはっきりと明確に知るならば、人はその心を成長させる。今日なすべき義務を熱心に果たせば、何も恐れることはない。明日にも死が訪れないとは誰にもいえないがゆえに、現在《いま》を日夜たゆまず生きるほかはない。さすれば、幸先のよい明日がくる、平穏無事の日々がある。……

それは死者を弔うためというより、いま生きてある者への励ましの経だった。仏法を説くことが死者への供養になるとされるが、生者は死者の前で何ごとかを誓うものだとすれば、これでいいのだろう。

だが、そうはいっても、戦争への恨みだけは抱くことなく過ごすことができなかった祖母や父母を思う。それは、私が経てきたような悔恨とはまるで次元がちがっていた。祖母の底知れない悲しみは、まさしく三つ子のタマシイのなかに刻まれて、後に私がモノ書きをめざした動機の底に、無意識的にあったような気がする。柔《やわ》な育ちのなかで、数少ない精神性を植えつける何かであったかもしれない。母の口ぐせだった人間の哀れがやっとわかる歳になったのか、その通りだと呟きが胸に落ちた。

合掌を解いて一礼した。大変なことでした、という以外に掛ける言葉がない。まったくタイヘンなことでしかなかった。

14

滞在三日目となる日、私は朝のバスに乗った。

さらに北へと向かう道は、中国山系の東の外れ、兵庫県の分水嶺へと通じている。かつてはその途中まで、国鉄からＪＲと名を変えたローカル線が走っていた。それもとうに廃止され、いまはバス路線だけが一時間に一本程度、主に通学の子供たちと病院通いの老人のためにあるだけだ。

千ヶ峰登山口――。バス停留所のそばの標識が示す道を左手の山側へ、ゆっくりと上っていく。春先の山の新緑と大気の清々しさが肌身に沁みて、心まで洗われるようだ。静かな村のたたずまいが周りに田畑を抱いてひろがるなか、ゆるくカーブを描いて山裾へと向かう、よく舗装された坂道である。

叔母に会うためだった。父親の四人の妹たちのうち、最後にのこった一人で、とうに八十代の半ばを過ぎている。その村へと嫁いでいったのは、私が小学校に入って間なしの頃（昭和三十年代の初頭）で、敗戦後のＧＨＱ（連合国軍最高司令官総司令部）による占領時代（約七年間）を終えて数年後の日本経済は、まだ軌道に乗っていなかった。その頃は自然が豊かで、以降、何年かのうちに、川にあふれ返っていた魚介類が全滅したのは、やみくもな発展をもくろむ上流の工場群が垂れ流した汚水のせいだった。いまも家の庭先を流れる小川（農業用水路）には、小魚一匹の影とてマレにしかない。むろん、ホタルも全滅した。それは、故郷喪失の思いさえもたらした凄《すさ》まじい自然破壊であり、私が若くして離村した理由の一端でもあった。

幼い頃は、よく私の面倒を見てくれた人だ。四つ違いの次姉も含めた村の生徒たちと一緒に片道四十分ほどかかる小学校へ並んで歩くのが嫌だった私は、その時間がくると、必要以上に長くトイレにいて、ひとり残ることがしばしばだった。叔母は、その餓鬼《がき》を自転車の荷台に積んで学校へと運んだ。

叔母についての思い出はさまざまあるが、会いたくなったのは、在りし日の父母と祖母をしのぶ縁《よすが》はもうそこにしかなかったからだ。私の長姉と次姉、二人ともに、その「姉《ねえ》ちゃん」と呼ぶ叔母とはたまに連絡をとっているらしい。むろん、子供の頃は長く同じ屋根の下で暮らした間柄である。

ゆるやかな坂道が急になってくる、その境目あたりに、叔母の家は垣根をかまえていた。息子夫婦とは別棟の離れに、長年連れ添ってきた少し年上の夫と暮らしている。扉を開いて声をかけると、短い返事があって、やがて直角に腰の曲がった老身を現した。深い皺が刻まれた顔に笑みを浮かべて、

「アキラかいね」

と、一応は問いただした。

私が異国で出家したことは長姉から聞いて知っていたから、黄衣の派手な装いにもさして驚かなかった。どこへ行くにも着ていかねばならないという掟があるもので、と私はいいながら、通された座敷の低いテーブルに腰を落ち着けた。

「散らかってるけど、まあ、ゆっくりしぃ」

そういってお茶を淹《い》れに、いったん奥へ退《ひ》いた。

窓から田園風景がみえた。いまは少なくなったが、私が子供の頃は冬場の雪が深く、裏山ではスキーが出来たものだった。農業と養鶏などで生計を立ててきた、時に自然災害にも遭ってきた長年の苦労は皺にまみれた顔と腰の曲がりようをみれば明らかだが、昔の記憶はしっかりしていて、やりとりには何の不自由もないことがありがたい。

久しぶりの帰国の目的とその成り行きを話題にした。

寺の副住職を連れて大和路を旅したこと、その後、帰省して息子に会い、村の墓へ参ってきたことなど、およそのところを話した。

出家した事情など、叔母は聞かなかった。私のほうから、いろいろとあって……、というにとどめた。ただ、今回帰省してみて、いまの実家をどうするか、その問題が今後も続いていかざるを得ないという話をしたが、とくに意見はしなかった。

それに代わるものだったか、叔母はしみじみとこういった。

「こんな小さな村やっても、問題のない家なんか一つもないよ。みんな、どこも何かある、それぞれに悩みを抱えとってや」

「そんなモンかいね」

と、私は応えた。納得の思いがあった。

出家したとはいえ、俗世にまだ片足を残し、シガラミに引きずられている。在家であった時代が長いためで、囚われ、こだわってしまうことが多すぎる、と苦笑した。

古民家だが、財産といえるほどの家ではない。息子たちも住み続けるかどうかはわからない。はっきりと継ぐというのであればそのつもりで準備もするが、いまのところ、とても決断はできない。息子の母親が長く住むつもりがないのだから、なおさら先々は不透明だ。

そもそも、家の家督《あとめ》は曾祖父の代で途絶えていた、という話を叔母が始めた。それは私も聞いたことがある。曾祖父母に子供がなかったことから、遠縁に当たるヨシダ家の女性とウチヤマ家の男性（私の祖父母）が結婚をして移り住み、跡を継ぐ形をとったという。昔は家なるものの存続が大事とされたためだが、父親はそのことにはこだわらなかった。長男の私が異郷へと向かい、勝手な生き方をすることにとやかくいわなかったのは、そのような事情も一つあった。

とやかくいわないどころか、放任といってよいほど自由にさせてくれたものだ。それでも一度だけ、結婚していない女性との間に子供がいることを知ったときは（息子の母親が電話で暴露したのだったが）、次姉とその夫（義兄）に依頼して、別れさせることができるかどうか、調べてくるように、と東京へ遣《つか》わしたことがあった。まだ二歳にもならないよちよち歩きの幼な子をみた姉は、それはムリだという答えを父に告げた。根からの子供好き（村の幼い子たちと遊ぶのを趣味としたほど）の私の性格をよく知っていたこともあるだろう。それが我が子ともなると、もはや手がつけられない子煩悩化しているのを目にしたからだった。

このときも、父はさしたる小言もいわずにあきらめて、ただ、別に女性をつくって出奔した父親を持つ妻（私の母）へ、お前の方の血だ、といったきりだった。

それからはむしろ、一向に家に入ってくれる気配もない妻と孫たちより、その息子のほうを可愛がることになったのは、皮肉というほかない成り行きだった。得られないものの代わりをするもので、差し引きゼロ、収支の均衡を得るようなことが人生にはいくらでもあるけれど、それに相当する何かであったかもしれない。何かと援助もしてくれて、とくに私が間もなく迎えた、モノ書きとしての勝負どころでは、作品に打ち込むための一年間の生活費も出してくれたのだった。これでダメならあきらめて別の仕事に就く、と帰省して談判をする際に約束した上でのスネ齧《かじ》りだった。職業婦人として自分のサイフを持っていた（その頃は年金だった）母親が、しぶる傍らの夫を差し置いて、ワタシが出してあげる、といったものだから父親も引っこみがつかなくなったのだ。お酒のメーカーがスポンサーの大賞をその作品が得たのは、父が危険なはずの高齢（七十五歳）で肺ガンの大手術を受ける前日のことだった。

時はさらに下って、私が原作・脚本（共同）から主題歌（作詞）、さらにはプロデューサーのようなことまでやった映画の制作時には、終盤になって資金が足りなくなった。ために、日払いだったスタッフにストライキをやらかされた際は、ロケ先の雪深い新潟から、当時はまだあった特急「日本海」に乗って故郷へと向かった。疲れ切って無心《むしん》に帰ってきた私に、父は、余命いくばくもなかった痛む身を起こし、足りない五百万円分、二冊の預金通帳を黙って差し出してくれたものだ。スタッフの給金だけで一日に百万円が消えていく恐ろしい世界に手足を突っ込んで、何とか抜け出せたのはそのおかげだった。

叔母との雑談が、そんなことも含めて続いた。

＊

父が私に対する援助を惜しまなかったのは、父自身が医者であった伯父（ウチヤマ家）のおかげで教師になれたことを自覚していたからだと、叔母はいう。家は貧しかったが、その伯父の援助で六人兄妹《きょうだい》のうちで唯一、長男として師範学校へ行くことができたのだった。その通りだとは思うが、それだけではなかったような気がする。母は晩年、幼児期の私を人に預けたことや他人の子供にばかりかまけて足元がお留守になったことを詫びたものだが、父にしてもそうした放任は似たようなものだった。

戦前の大阪、旧制中学（住中）時代の父は、説教好きの、軍国日本にも刃向かうような気骨のある青年教師だったことが後に名を成した教え子らの証言にも残されている。それが戦後はすっかり鳴りをひそめ、平凡な、体制に従順な教師の顔しかみせなくなった。地元の新制校（西脇）で父の生徒であった長姉は、面白くもおかしくもない、ただ真面目なだけの授業（社会科）だったと話したことがある。次姉もまた長姉と同じ父の授業を受けて高校を出た。私だけがその父を避けて、県下の別の私学へと越境したのだったが。

すべてが一変してしまった戦後の日本は、むろん教育の中身も例外ではなかった。旧制中学が新制高校となり、師範学校が大学となり、女学校が女子（もしくは共学の）高校になったことなどは制度の変化にすぎない。もっと大きな根本の問題は、戦前には「修身」などとしてあった精神教育、つまりは人間性を培う教育がおよそ皆無といってよい状況に曝《さら》されたことだったろう。

父はある日、私の前で「教育勅語」を見事に暗唱してみせたことがあった。

——朕惟《ちんおも》フニ我《わ》カ皇祖《こうそ》皇宗國《こうそうこく》ヲ肇《はじ》ムルコト宏遠《こうえん》ニ徳《とく》ヲ樹《た》ツルコト深厚《しんこう》ナリ……。明治天皇の名の下に発布された（明治二十三年）、教育に関する勅語であり、尋常小学校からの教育方針の基盤となったものだ。その内容は、忠孝（国への忠誠と親孝行）の精神を筆頭に、兄弟や夫婦の和、学問と人格の研鑽《けんさん》、職業への専心、憲法と法の遵守、緊急時の国家への奉仕精神など、祖先からの敬うべき教え、教訓をもって、国内外において立派な日本国民となるべきことを説いている。

その全文を一字一句違わず空で唱えてみせたのだった。が、それきりだった。その中身がどうだとか、こういう教えは守らねばならないとか、そういった言辞は一切なかった。戦後、ＧＨＱ（実質は米国・総司令官はマッカーサー元帥）の占領政策によって廃絶されたことで、それを模範とすべきだとはいえなかったのだろう。が、すべてをゴミにされる筋合いはなかったことを父は訴えたかったのではないか、といまは思う。緊急時に国家に奉仕する精神「忠」が戦争に役立ったことを問題にされたようだが、それも戦争がなければ役立つこともない、悲劇的な世界の常識としてある（タイでは国歌にも血の奉仕という激烈な文言でうたわれる）ものだった。我《わ》カ臣民《しんみん》克《よ》ク忠《ちゅう》ニ克《よ》ク孝《こう》ニ億兆心《おくちょうこころ》ヲ一《いつ》ニシテ……。それをヤリ玉にあげた米国などは、その精神がなければアメリカ国民として認めない、星条旗に誓わねばならない文言である。まさに、みずからを棚に上げた勝者の勝手であったが、「忠」の精神の対極にあるものとして押し付けた「戦争の放棄」（憲法第九条）にしても、後には再軍備をすすめて実行させ、米国がやる戦争には基地の使用や資金面でもって協力を強いてきたのだから、放棄などといえるのかどうか。それやこれやの矛盾をかかえた戦後日本であってみれば、そのような国家の姿ひとつとってみても、その下で生きていかねばならなかった個々人が平穏無事に人生を過ごし切ること自体、これまたタイヘンなことであったろうと、老僧は自身を顧みて思うのだが……。

ともあれ、それが捨て去られたあと、代わりとなるものは何も与えられず、面白くもおかしくもないカリキュラムだけを子供たちに強いた。戦前の官製道徳にも限界はむろんあったにしろ、戦後は教師個人の努力だけが頼りの、精神性を空洞《からっぽ》にした、個性尊重の謳い文句とは裏腹の画一化した教育現場であったのだ。公共の場から一切の宗教教育を禁じた米国（GHQ）の方針は、母が教壇から、これは仏教の教えだとして生徒たちを導くことができなかったという、まさに限界をもたらした。国家神道が日本を戦争に向かわせたと断じたマッカーサーは、その他の宗教もいっしょくたにして（個人的な信教の自由だけは認めながら）禁じてしまった、そのことが戦後世代の大勢（不特定多数）を精神《こころ》の拠り所を持てない民にする下地となったことを思わざるを得ない。

いずれにしろ、戦後は子供たちを教え導く術、拠り所を失ってしまっていた父の、どうにもならなかった戦前との「断絶」が見えてくる。その落差のショックの程も、人それぞれの立場によって違っていたはずだが、父の場合は、多感な青年期であっただけに、教育制度や現場の大変革から受けた影響は大きなものがあったはずだ。戦争には行かずにすんだものの、代わりに弟を失い、一族の大黒柱として重責を担わざるを得なくなった。疎開して帰郷したときは、まだ嫁にやらねばならない二人の妹がいたし、祖母と妻と三人の子供たちを加えると大家族といえた。そのせいで、戦後教育に反抗した母とは逆に、生徒との交流よりも同僚教師との友好を保つことに専念し、あくまで体制に従順に（軍国日本に協力した廉《かど》による「公職追放」もGHQの施策であったが）、事なき道を心得て戦後を生きた。

完敗した戦いの後のどさくさ、焼け野原のなかで、子供の数だけは膨大に産み落とした親たちの多くもまた、動かしていくのがやっとの、羅針盤を失って故障した船しか持たなかった。同乗させた子供たちをどこへ運んでいけばいいのか、先々は人としていかに生きるべきなのか。そういった教え導く言葉を失くしてしまった（食わせていくだけでも難事だった）のは、私たち姉弟《きょうだい》の父親だけではなかった。

そのことが子供に与えた影響を、教師たる父が自覚していないわけがなかった。その放任は裏を返せば教えの足りなさと同義でもあって、こういう息子にしてしまったのはそのせいだという、みずからの責任を少なからず感じていたことが一つあったような気がする。たとえ愚息への不満はあったにしても、援助の手を差し伸べないわけにはいかなかったのだろう、と。それは、私自身が後に、子供に対して抱いた感情とも似ていて、援助は、これも戦後社会の現象としての親子の断絶を埋め合わせる、せめてもの術《すべ》、手段であったといえるのではないか。それは、母がよく口にした無償の愛（親が子に注ぐべきもの）として有難く思ってはいたが、覚悟してその恩に報いようとしたのかどうか、問題はそこにあることをいま頃になって気づく始末だ。

大正元年から八十九年余が経った春のことだ。ついに台所で倒れる前の日、明日は東京へ向かうという私に、戸棚の奥から取り出してきた師範学校の成績簿を見せ、首席で卒業したことを告げた。名を成した教え子を自分の手柄のように誇ることはしばしばだったが、その種の自慢話はしたことがない父にしてはめずらしい、続いて起こる異変の前触れだったか。最後は息子に自分を誇っておきたいという、人が老いて幼児に返るような心理でもあったか、私が感心してみせると嬉しそうな顔をして、体育の時間に逆上《さかあが》りができなかった、全教科でそれだけが減点（「甲」ではなく「乙」）だったと笑いながら話した。学校へ行かせてくれた伯父の恩に、きっちりと報いる頑張りをみせたにちがいない。私が大学へ進学する際、一度だけ医者にならないかと勧めたのは、そういう背景があったのだろう。耳を貸さなかったことをずっと後に、やはり異国で悪あがきしていた頃、悔いというほどではないが、聞いていればまったく違った人生があったはずだと思ったことはある。あるいは、いくらでもコネのあった学校の教員になっていれば（三十代の半ばにラスト・チャンスはあったのだが）、来し方とは正反対の平穏無事な後半生があったかもしれない。そうであったなら、父はどれほど安堵したことだろう。

退職したあとも「長」と名の付く役職を次々と引き受けて、人々の尊敬を一身に受けながら晩年を過ごした。私の不埒《ふらち》な生き方について、そういう父親だからまだ大目にみられているのだと、面と向かっていう村人がいたくらいで、確かにその恩恵《おかげ》は受けていたにちがいない。次姉にいわせると、大手術の後は私の本が出ることだけを楽しみに生きていたというから、ある程度は援助に報いていたのだったか。名だたる賞を受けたことですでに孝行を果たしているという義兄（長姉の夫）の言葉と重なり合う取り柄、慰めといえるものはあったのかもしれない。ただ、問題はその後であって、さらに老いていく父母にどれだけの手助けをしたのかと問えば、やはりまったく不十分であったというほかはなかった。

同級生の代表として、一人ずつ見送りながら、自分を含めてあと三人というところまで生き残った。次から次、みんな死んでいく……と、私の前で感慨深げに口にしたこともある。母親（私の祖母）の三十三回忌も親戚縁者を集めてきちんと済ませた、その数か月後の最期だった。

祖母にとっては、もう少し戦争が長引いていれば（その可能性も戦史をみれば大いにあったのだが）、間違いなく招集されていたはずの長男が生き残ったことは、せめてもの幸いというものであったろう。その名をカオル（薫）とつけたとき、こんなハイカラな名前は日本中どこを探してもないはずだと胸を張っていたところ、何と一キロほど離れた同じ村に同じ名前を（男児に）つけた人がいるのを後で知って驚き、しかも同姓同名（生年も同じ）となったことでガッカリしたという話を、生前の祖母から聞いたものだった。明治生まれの学歴のない女性ながら独学で勉強し、村で新聞を読める同世代は自分だけだと自慢していたが、その努力家の血を父は引いていたのだったか。

帰省しても短い滞在で去っていく私との別れ際、めずらしく表の通りまで歩いて、それまでになかった握手を求めたのも、みずからの内に予感するものがあったのだろう。昼前の新幹線で新大阪から東京へと向かっていたが、京都を過ぎたあたりで次姉から、すぐに病院へ来てほしいと呼び戻された。

桜がきれいやのう、というのが六キロほど離れた市の病院へ向かう車のなかで父が口にしたラスト・ワードであったらしい。私が駆けつけたときは、すでに酸素マスクをかけられていたから、もう口はきけず、その日の午後遅くには息を引き取った。

人の恩を知っていた父は、同時に、自分の身ひとつが頼りであることを知っている人だった。早い時期に父親をガンで亡くし、弟は戦死、一家の柱にならざるを得なかったという状況のみならず、大正生まれの人間にはある、一本筋の通った、揺るぎのない骨のようなものに支えられていたという気がする。それは仏教であり神道でもあり、あるいは武士道精神のようなものでもあったか。家が傾くからこれ以上は買わないでくれと祖母に苦情をいわれたほどに本の蒐集《しゅうしゅう》家でもあったが、そうした宗教や哲学の背景があってこその生きざまであったろう。戦後の父は、それを失ったわけではなく、自分の趣味を黙々と日本舞踊（花柳流）に打ち込んだように、みずからの内に秘めただけなのだと、いまはわかる。息子に頼るなよ、というのも自分とは落差のありすぎる私に遺した忠告といってよかった。その将来に過剰な期待をかけることの非を告げたのだったが、いま頃になって、そうしたことのすべてが骨身に沁みるとは……。

再び、私は話題を家のことに戻した。

「母もそうやったけど、戦争を境にして、それまで価値を置いていたものが引っくり返ってしまったから、この世の仕来りや常識というものにあまりこだわるつもりがなかったような気がする」

「そうや。どうせ一度は絶えた家督やし、また跡継ぎがいなくなったところで、たいしたことやない。別に商売をする家でもないのやし……」

本当は、戦死した叔父が故郷を離れた父に代わって家督を継ぐことになっていた、と叔母は話した。祖母がいちばん可愛がっていた息子で、日本の敗戦がほぼ確かになった頃にせっかくの就職先から召集されたのはまったく運がわるかった。しかし当時は、息子をひとり死なせたくらいはまだマシなほうで、近在の村には、三人兄弟をすべて失くしてしまった人もいるという。それほどまで骨の髄まで軍国主義に染まった国だったのだと改めて思い、所詮《しょせん》国家などというものは……、と呟いてその先の言葉を呑み込んだ。国家権力はそれ自体がすでに「悪」であるといった作家がいたけれど……。

家についての話は、まだあった。仏壇や村の墓をどうするかという問題である。どこでどう生きようと、それはつきまとう。空き家にしておいても税金はかかってくるし、父母を永代供養するにも費用がかかる。タイという国には墓というものがなく、百日供養の頃に遺骨は河へ流しておしまい。固定資産税はナシ、相続税もなきに等しい(最高税率は八パーセント程度)。戦後も占領を受けなかった国(日本に協力しながら戦勝国と同じ扱いを受けた)は、文化の断絶もなく伝統がそのまま存続した。時おり寺でやる在家の葬儀にしても、僧への布施が必要なだけで、微々たる金しかかからない。が、帰国すると、にわかにその種の問題に直面してしまう。

実のところ、私の祖母も従来の宗派が気に入らなくて、日蓮宗へ宗旨替えをしている、と叔母は話した。息子の戦死が信教にも影響したようで、その辺は昔から自由な選択が可能だった。従って、私が出家したのなら、何ごともその流儀でやればいいのではないかという。

「どっちにしても、問題がぜんぶなくなるということはないのやし……」

慰めのつもりだったか、叔母の声音がやんわりと響く。

「みんな、何らかの問題を残して死ぬのかな」

「そうやと思うよ」

息子の母親との離反についても、その経緯を叔母は知らない。ただ、およそのところはそのことを嘆く長姉から聞いている。修復がきわめてむずかしい仲、しかたがないこととしてあきらめるのがとりあえずの法としてあるだけ……、それが唯一、大事《おおごと》もなく生きるための術《すべ》としてあるだけの、哀れな人間の性《さが》……。

「まあ、それも成り行きにまかせるほかないんやけどね」

「それでええやないの。成るようにしかならない、ということもある」

「そういってもらえると助かるけど」

私は、細く笑った。いくぶん肩がラクになった気がした。

昼に出前の寿司をご馳走になった上に、ヘソクリから過分な布施をもらった。死んだらお経をあげてもらいたい、などという。お安い御用だが、私にそんな資格があるのかどうか。また、墓前で唱えるくらいが関の山だろうか。

いつまでも生きてほしいが、そういうわけにもいかない。これが最後になるかもしれない、自分の命も含めて……、くらいの覚悟で、私は名残おしい別れを告げた。

垣根のところまで、見送りに出てくれた。そこの石段に折れ曲がった腰をかけた叔母と、また会うことを約束し、互いの達者を願い合ってから背中を向けた。もと来た道へ、バスの停留所へと坂道を下っていく。だいぶ遠くまで下りて振り返ると、叔母はまだ見送っていた。手を上げてみせると、上げ返す小さな姿が見えた。

15

翌朝、キャディの仕事に出る息子の車で、出迎えのときと同じ市駅へ向かった。たった数日の滞在ではあまり多くの言葉は交わせなかったが、これだけはいっておきたいという一事から話した。

もう二度と横道に逸れてはいけない、ということだった。人はその道でうまくいかなかったり、窮地に立ったりすると、他の畑へと目を向けて、そっちへ行けば何とかなるのではないかと考えがちだ。が、それは錯覚というもので、それまで苦労して築いてきたものを棄てて新しく何かを始めようとしても成功するわけがない。

父《とう》が人生でおかした大きな過ちは、それだった。モノ書きとして限界ともいえる壁が立ちはだかったとき、それを乗り越えようとする努力をしなかった。たとえ以降は冷や飯を食うことになっても、耐えて同じ道を行くべきだった。自分の才能を疑う必要もなかった。にもかかわらず、安直にいまの窮地を逃れる手段だけを考えた。よけいな畑違いのことに手を出したり、儲かりそうな話に飛びついたり、経済的に追いつめられると物価の安い国へ移住したこともそうだ。それもこれもうまくいくはずがないことに、当時は、浅はかにも気づかなかった。結果はこの通り……。

「父《とう》の二の舞を踏んではいけないということだね」

「そう。ゴルフにしがみついていろよ」

私は念を押すようにいった。父ちゃんのとう、、だけをとって呼ぶのが子供の頃からの習わしであり、三十歳を超えたいまも変わらない。

「心配いらないよ。もうわかったから……」

「仏教では、忍耐と努力がいかに大事かを説くんだ。自分の才能を信じて、ガマンして頑張っていれば、何とかなるよ」

「わかってる」

以前よりずっと素直になっている、と感じた。が、それもこれも私が成し得なかったことを説いている……、と内心で苦笑する。

かつて、無断で私の金を引き出したことについても、一言いっておきたかった。直接、その話に触れる余裕が、ある程度の時間が経ってできたからだ。

「お前がゴルフで生きる決心を変えないかぎり、そのことは許すことにする」

「出家したのは、それが原因だった？」

「そうじゃない。原因ではなく、引き金にすぎなかった。父《とう》なりの人生を生きるためのきっかけになったという意味でね」

「すると、ぼくは反省すればいい？」

「そういうことだ」

その一件については、たいしたことじゃない、と諌《いさ》めるようにいう親しい老人もいた。父親の財産なのだから、家族のものとして共有すべきであって、それを少しばかり拝借しただけのことだろう、と。そして続けて、問題はアンタがそれだけの金しか持っていなかった、それが全財産であったという、それだけじゃないのかね、と笑いながら説かれた日には、グゥの音も出なかった。事実、それくらいの金を引き出しても気づかれないだろうと思っていたという（作家の父はカネを持っていると信じていた）息子だけを責めてすむ話でもない。アンタ自身も息子が成功したら分け前をもらおうと思っていたんじゃないのかね、とも老人は指摘したのだったが、問題の所在は実に私自身のテイタラクにあったというべきだろう。

もしも息子の使い込みがなければ、なけなしの資金を元手に、二日間のトータルが160でよいテストに予定通り挑戦していただろう。そして射程にあったそれに、もし合格することになっていれば、また人生は違ったものになっていたはずだ。せっかくのタイ仏教との出会いも中途半端に終り、むろんアーチャーンとの旅もなく、相変わらずの苦労な人生が続いていただろう。どちらがよかったのかを問うのは意味のないことだが、息子の行為によって、そのおかげともいえる転機がもたらされたことを、まずは結果よしとするほかはなかった。みずからの業が引き起こした因果の流れはすべて出家へと向かっていた、そのことが必然とはいえ不思議に思えてならない。

来年は七十代に入る、と私はいった。古希《こき》は、昔なら希《まれ》なる長生きとされた。が、父母ともにさらに二十年ほど生きたのだから、まだ時間はあるかもしれない。


空気が和んだせいか、私はある過去を思い出した。

「お前がまだ三歳で、韓国へ渡った頃がなつかしいな。あの頃は、お母さんとの関係も破綻《やぶ》れていなかった」

「憶えているよ、うっすらとだけど」

三人で海峡を渡った頃の話だった。

息子の母親から、物心がついた頃にはもう父親がいなかった理由について聞かされたことがある。戦時中は、徴用でもって北海道の炭鉱で働き、戦後に本州へ流れていった実の父親は、雪深い東北の山奥でひとりの日本女性と出会い、ふたりの女の子をもうけた。が、その後、行方知れずになったという話だった。推測できるのは、金日成による北への（「理想」の祖国への）帰還運動に応じ、半島へ渡ったのではないかということだったが、真相はわからなかった。もしそうであったなら、宣伝された理想は裏切られ、南北の国境（38度線）を越えることもできず、消息不明となるのは十分にあり得ることだった。

その実の父親を探して旅した頃の私は、まだいっぱしの賞へは届いていなかった。が、玉のような幼い息子は、たとえ母親との関係が危なくなりかけていても、それに耐えていけるに足る唯一の存在だった。三人の結束がまだ何とか保てていた頃のことだ。

まずはソウルへ飛んだ。当時、私が親しく付き合っていた現地の写真家の助けも借りながら、ついに慶尚南道にその故郷を突きとめて、訪ねて行ったのだった。ところが、そこへも父親は帰っておらず、会えたのは戦前にその妻であったという老女だった。突然あらわれた日本からの客に驚きながらも、事情を聞くと、いたく感じ入ったようで、夫の記憶をさまざま話してくれた。手先が器用で何でも出来る人だったとか、地域の相撲大会（宗主国の日本が催した）では横綱で常勝だったとか、だからどこで何をしても生きていける人だといった、日本語の達者な親戚の人を交えた会話に不自由はしなかった。

なかでも思いがけなかったのは、当時、まだ結婚して間ナシだったが、義務としての炭鉱労働（徴用）を割り当てられた夫は、間もなく子供が生まれる予定の身重の妻を置いて日本（当時は内地と呼ばれた）へ渡ったという話だった。その後に生まれた子供（男の子）がいまはソウル近郊に暮らしているので、ぜひ会っていくように、とすすめられた。父親には会えなかったが、その子供同士が会うことになって、腹違いの兄に当たるその人には非常なもてなしを受けたものだった。

「父《とう》がお母さんにしてあげられたことは、それくらいのものだったか？」

思いのままに、私はいった。

実際、実の父親と会うよりもよいくらいの出会いだった。その顚末を一遍の長編小説に仕立て上げたのは、私にとっても意味深いものであったからだ。激変した戦後日本と国際情勢のなか、非情な国境の前になす術もなく漂泊の生涯を過ごしたはずの人の貌《かお》は、私などにはあり得ない悲哀をおびてみえた。日韓双方の女性ともに縁を切り、両方の子供たちとも関係を持てなかった人間の宿命……。

その哀れさはまた、その娘にも投影されていて、私が彼女に出会った頃から感じていたものだった（もっとも逆に強情ともいうべき強《したた》かさを備えてもいたのだったが）。それゆえ、当初はいくら衝突しても別れることまでは考えていなかった相手を冷淡に突き放すことができなかったのだ。そこにも真のやさしさからはほど遠い、何の信念もないあいまいさ、情に流されるだけのいい加減さがあったという気がする。その結果として息子が生まれ、もはや縁切りも許されない束縛となり、しかしそのことが苦を舐《な》めながらも生きる力になったという皮肉……。

その図式は、いまもさほど変わっていない。が、いつまでもというわけにはいかないだろう。いつかはまた、思いがけない変化をみる日がくるにちがいない。それでいいし、それが自然なのだと、すべてあるがままに、願いは一応の努力目標としておいて、成るがまま生きればよいのだという思い……、これも仏法に学んだことのような気がする。

市駅に着いた。

別れ際、手を上げた息子の微笑《わら》い顔が、さらに私を和ませた。いまは、これでいいのだという呟きが胸に落ちた。

＊

子供の頃から見馴れたはずの車窓の田園風景が異郷のもののように見えた。いつもは手持ちの本を読んで過ごすのだが、その気分にもなれず、春らしい陽光に映えはじめた景色が心底の河をうつすように流れるにまかせた。

人間は老・病・死といった自然の理《ことわり》、無常と無我の法、因果の法則に従って生きるほかはない。その理法は、私のような者へ否応なしにその覚悟を強いてくる。その苦に耐え、さらには逃れることができるとすれば、真理を認識し、実践することで、煩悩という心の汚れを削ぎ落としていくしかない。そのように人は生きるべきであると、釈尊《ブッダ》は説いた。

二千五百余年前の、いまの混沌の世と本質的に変わらないはずのインドの昔――、いまなお脈々と生き続ける教えを遺した人の巨《おお》きさが、ちっぽけな人間をあざ笑うかのようでもあり、包み込んでくれるようでもあり、みずからの内に忸怩《じくじ》たるものを思わせる。いったい自分は何という欲の深い、真理に背いた生き方をしてきたのか、と……。

二両きりの電車は、母が長く通った高等学校のある町を過ぎていく。時おり、パジャマを着たまま電車に乗っている夢をみるのだと子供たちの前で苦笑した。戦前は旧制中学（小野）として幾多のすぐれた人物を輩出した学校だ。が、戦後は有名大学への進学のみに重点を置き、生徒の評価もそれでなされることに、紅一点の母は反抗した。戦前の女子師範学校で（天職に就く者の心得として）トクと言い含められた人間教育の大事は、女学校時代とは違って、戦後の教育制度のなかで押しつぶされた。

とはいえ、個人として出来るかぎりのことをしていたことは、それを見ていた長姉の証言にある。街の事情に疎《うと》い子供（中学生）の買い物に付き合ったり、その子の傑出した絵の才能をほめて励ましたり（実際、後には高名なイラストレーターとなっていく才だったのだが）、そうした課外のことがお偉方の不興を買い、私が幼稚園児であった頃の小学校から中学へ、高校へと転々とする因ともなったのだ。定められたカリキュラムもそれなりの益をもたらすものではあるだろうが、常に役に立つとはかぎらない知識の（知恵ではない）段階にとどまる。生きていくだけで大変な人間がその人生をまっとうするには別の教えが必要であるのに、それがないことの不満を（大学生になった私にテストの採点を手伝わせながら）口にしたこともある。そうした公教育の環境がみずからの子供にも及んでいることに、多少の心配を抱いていたことによる言葉であったのかもしれない。

いま改めて母の影響を顧《かえり》みれば、並外れたやさしさと甘やかしがもたらした弱点ばかりではないはずだった。幼い頃は、悪さをすればビンタも飛んでくる父の厳しさによって中和されるところがあったことは、まだしもだったか。放《ほ》ったらかされたとはいえ、要所ではしっかり時間を割いてくれたし、足りない分は祖母が代わりをしてくれたから、不満などは一度もおぼえたことがない。むしろ、知らず知らずのうちに受けていた仏教の教えが、私の作品にも見えかくれしていることに気づかされる。が、それが私のなかで一定の揺るぎのない信念もしくは信条として骨肉を成したかというと、やはり否であったことに、行きづまりの要因ともなる問題がひそんでいたような気がしてならない。

　確かに、大学時代に恩師の薫陶《くんとう》を受け、それまでの彷徨《さまよ》ってばかりの浮ついた日々がモノを書くことに定着をみたのは、それなりの素地はあったことに拠《よ》ると考えてよいのだろう。が、それにも父の強さの根源にあったような底力が足りなかったということでもあるにちがいない。

　思えば、母を生涯の師として慕ってきた人たちは、みな女学校時代の生徒たちだった。戦後は、教え子のなかからやっと一人、短歌誌の仲間に引き入れて付き合いを続けるくらいだったが、母が大阪の人たちと持った師弟関係の太い絆はいったい何だったのだろう。ただ、人間的な交流の限界が戦前にはなく、母を育てた祖母や師範学校での教えの伝達が（戦雲の下でさえ）教壇を下りてからも自由闊達《じゆうかったつ》であったことだけは確かだ。

　そうした環境もまた戦後世代にはほとんど無縁のものであったことは、私がはじめて恩人といえる師に出会えたのが大学時代の後半になってからであることからもいえそうな気がする。いま振り返ってみると、その研究室は、行く道に迷う青二才の駆け込み寺であったのだろう。図々しくも昼間から、師にならってウィスキーの熱湯割りを飲みながら長時間を過ごすような学生は、同じクラスでは私くらいのもので、他は学生運動や部活やアルバイトに精を出す者がほとんどだったのだが。

　近世（西鶴）文学の権威として長く君臨し、いくつかのテレビ番組の常連でもあった名物教授《スター》（享年九十三）であったから、その出会いは刺激的なものだった。てるおか・やすたかの名は、知る人ぞ知る人も少なくなってきているが、私にとってはいわば救い主であり（そういえば師も鹿児島のお寺の出で慈悲深い人であったが）、いかに教育現場がその者の行く道を決めるものであるかを示す一例でもあったろうか。いまの寺の房《へや》にある数少ない書籍のなかに「卒業論文・ユーラシア紀行」と題されたカビくさい一冊がある。その表紙には「主査・暉峻康隆」の文字が墨《すみ》の直筆で記されており、異国に流されても宝物のように持ち歩いているものだが、作家になれと命じた師の励ましがなければ休学してまで長い旅に出ることもなかったはずだ。それは、出家する機縁《きえん》となったのが一軒の屋台カフェーであったように、モノを書く仕事へのスタート・ラインに立たせてくれた幸運な出会いだったと、いま改めて思う。

　それが絶対的によい選択であったとはいえないまでも、また、師が力説したよい職業であるという意味も掛け値通りとはいかなかったけれど、それはまた別の話だろう。メディアが多様化する前の日本では、数少ない知の源《みなもと》としての書が、本という本がよく売れた。旧友の古書店主の先代が築いた老舗《しにせ》、道頓堀〈大阪〉の古本屋は、二階にも人が入り過ぎて床が抜けてしまったそうだが、その頃とは比すべくもない現代の状況をみれば、これまた時代の変遷を映して余りある現実といえるだろう。そうしたことがモノ書きとして苦難の路を余儀なくさせる一つの背景であったとしても、師との出会いと道の選択を悔いる理由にはならない。短い間ではあったが、華やいだ季節もあったのだし、それだけで甲斐があったとしてよいにちがいない。果てなる出家は、波乱の半生に幕を下ろし、且《か》つ新たな余生を歩むきっかけを与えるものであるなら、少しも悲しむべきことではない、と師ならいってくれそうな気がする。もっとも、俗世に残してきた私生活上の問題については、言葉がない、だろうか……。

人は何であれ、そういった邂逅《かいこう》がせめて一つか二つなければ（それが一冊の書であったり、転地がもたらすよい環境であったりもするが）避けがたくある多くの「苦」を乗り越えて生きていくことはできない存在なのだという、これこそは絶対的な思いがいまはある。その幸運を生かして大成できず、異国へと落ちてしまったことは、その他幾人かの恩人といえる人たちに対しても申し訳なく、頭を下げたい気持ちにもなるのだが……。

いまでこそ自覚すること、考えの及ぶことの何と多くあることか。玉石混交《ぎょくせきこんこう》の追憶は、石のほうが玉よりはるかに多いだけに、せめてもの取り柄、希少な川底の砂金を拾い上げようとするのだろう。ワンパクの過ぎた幼児期《みつご》の魂がどれだけ成長したのかも定かでないまま長い歳月を生きてこられたこと自体、奇跡としかいいようがない。とくに海外では九死に一生を得た出来事も一度ならず、そのことをよく知る父は、親より先に死ぬな、というセリフを（その悲しみの深さを祖母にみてきたせいか）会う度に口ぐせにしたほどだった。

その約束を果たせたことには掌《て》を合わせたくなるが、そこにも因と縁の連なりが生かされる方に、やっとの果報《かほう》へ向いてあったということだろう。追いつめられた末の避難先が、かつて（インドシナ革命後の）難民取材の拠点としてあったタイであったというのも（難民が陸路で逃げ延びた地もタイであったが）何かの因縁だろうか。土壇場での出家先といい、この地球上にそのような国があったことは、何はともあれ、救命の恩にも価する何かであるにちがいない。それがなければどうなっていたか、日本でいくらあがいてみても結局はどうにもならず、早々と人生を閉じていたかもしれない。みずから命を終わらせる人の話を聞くたび、わが身はどうなのかと問いかけて、（自己弁護の）言い訳をすればよいのだと呟いてきたのだったが……。

だが、そのことを喜ばしいと考えていいほど単純な話でもない。行く手には未だ沢山な小石が重く敷きつめられてあるのをどうするかの問題が残されているからだ。そのうちのあれこれが、また新たな心の景色となって車窓を流れていく。

つらつら思えば――、人生に行きづまりを招いた原因のすべては、釈尊《ブッダ》の教えに照らせば解き明かせる。そのことに出家当初は驚きをおぼえたものだが、いまもそのことが絵に描いたように次々と思い浮かぶ。

息子に対して抱いた過ぎたる執着も、その母親と元妻との離反も同じ次元の、人格の欠落が招いた業の結果だった。仏法にいう無明、すなわち無知の怖さにも気づかず、自分勝手な考えと行動でもって生きてきた。みずからの才能と資質に対する疑い、足るを知らない我欲、一時の羽振り、好景気《バブル》に浮かれた油断、身のほど知らずの傲《おご》りが招いた過ち、正しい精進や忍耐の足りなさ、大きな損失をもたらした過ぎたる怒り、一度ならず本道を逸れた浮遊性、モノ書きのコヤシと言い逃れた放埓《ほうらつ》、しばしばの暴飲と散財《むだづかい》、直面する問題に必要な知恵不足はむろん、幸福の条件とも縁のない煩悩にまみれた日々……、警察の世話になるようなことは犯さずにきたけれど、在家にもあるアーチャーラ・コーチャラの違反たるや、目に余るものだった。いまさら消すに消せない、どこまでもつきまとうことをやめない過去……、長い歳月、その影を振り向いて気に留めることもなければ、視界の隅にすら映そうとはしなかった。

そのことの報い、シッペ返しは、心ならずも故国の土俵を去ったことがすべてといってよかった。前世でなしたことの報いではなく、この世での、生まれ育ちと戦後環境のなかで、さしたる罪の自覚も是非の判断もなく為すことになった業に対する自得《じとく》のことだ。異国の路傍で心の洞《ほら》に風を起こし、言い知れない寂寥《さびしさ》をおぼえたのも、まぎれもなく人にとって不可欠の何かが抜け落ちているせいだった。その何かとは、いわば健全な人間をつくる養分のようなもの、まっとうな身心を支えるに足るもの、といまは漠然としかいえない。が、その欠落の程度が、どれほどであったのか……、いくらかはあった善行や取り柄を差し引いてもなお、いずれは遠島処分《しまながし》となる落第点しかとれていなかったことだけは間違いがない。モノ書きとしての宿命的な限界も才能不足や時世《じせい》その他の不運を含めてあったとは思うけれど、そのような欠落が加わったことで、事と次第は決定的になったといえるだろうか。自死を選ぶのを防ぐ砦《とりで》ともなった、あれこれの言い訳はさて措くとして、そのような来し方を正しく顧みることがなければ、この先を生き直す力となるものは見出せないことも、やっとわかりかけている……。

加古川で新快速電車に乗り換えて、まずは大阪へ出ることにしていた。そこでまた旧友の古書店主と会い、ひと時を過ごしてから、その日の夜行バスで東京へと向かう。そして新旧の友人宅に泊まり歩きながら、いくつかの用事をすませ、成田からバンコク経由でチエンマイへ飛ぶ。

とうに寺に帰着しているアーチャーンとの再会が事もなく果たせるよう……、それがとりあえずの願いだった。

第二旅　アニッチャー・アナッターの旅跡――東京から海へ

きれいな海を見せてあげよう、と思った。

まだ海を見たことがないという副住職（アーチャーン）に、それじゃ、次の旅行は海を見る旅にしよう、と私はいった。

すると、いつものほのかな笑いを浮かべて、

「誰にもいうんじゃないよ」

と、耳打ちするようにいった。

今回は以降、これが口ぐせになった。三十代も半ばを過ぎたというのに、海を見たことがないというのは、いささか恥ずかしいことだと思っているのだ。が、タイの最北部、パヤオ県で生まれ育ち、成人してからもその機会がなかったというのは、不思議でも何でもない、どこにでもある話にちがいなかった。

むろん、私には心当たりがあった。きれいな海がそこにはある。おそらく日本でも有数のうちに入る、駿河湾にのぞむ町だった。タイにもそれはいくらもあるけれど、私たちが旅をする、冬が近い季節に魅《み》せてくれる海はまた格別のものだ。とりわけ伊豆の西海岸に位置する岬からの夕陽は、澄みきった大気のなかで絶品といってよい。わかっているだけ

に、自信をもって連れていけるはずだった。

日々、世話になっている副住職である。仲間から、あるいは教えに出向く学校の生徒から、アーチャーン（教授）と呼ばれていて、私もそれに倣っている。正式には、プラ・アーチャーン（教授僧）であり、僧が公教育の現場に復権をとげて半世紀余り、政府から割り当てられた中学・高等学校で、週に二三日、それぞれ数時間、教壇に立つ。その他にも地元のホテルでの定期講演やラジオのダンマ（法）講義の時間を持つ忙しい身だ。その合間をぬって強引に休みをとり、日本へ抜け出そうというわけだった。

その年、旅を決めたのは雨季に入る頃だったが、それ以降も、こちらの仏教の知識はむろん何かにつけて教えを乞うている、そのお礼としての母国への招待だった。

よくそんな金があるね、と不思議そうにいわれたことがある。私のふところ具合を知っている人、つまり、異国暮らしにも行きづまり、出家する直前には文ナシ状態になっていたことを知る人はとりわけ、ふたり分の航空券からして大変だろうに、と思うらしいのだ。

もちろん、余裕などはない。まさにギリギリの、一切の贅沢をしない、歩きが基本の旅だ。航空券は格安のものを出す会社（LCC）の、さらに安いところを狙い、そして行く先々ではホテルなどに泊まらない、という条件付きでやっと可能になる、という旅だ。

僧はビジネスが禁じられている。ために、それで稼ぐわけにはいかない。が、在家（信者）からの布施というものがある。早朝の托鉢では、人々からしばしば小額の紙幣が鉢に入れられるし、仏事（時おりの葬儀など）があればまたいくばくかの布施が入る。ために、日常の交通費や必要なものを買ったりしても余りが出る。それと、今回の私の場合、払い込み年数に関する法改正によって微々たる年金が出るようになった、その半年分でもってアーチャーンの飛行機代はカバーできる。年金の半年分が格安航空便の一人分の運賃？と意外に思う人もいるが、本当のことだ。それを貯めておいたので、私の分も含めて何とかなるのだった。

テーラワーダ僧は、蓄財もしない。原則として無一物、無一文である。昔は、一定の住まいとてなく、各地を説法して歩きながら（つまり遊行して）樹下や岩陰を住み処とし、あらゆる便利で快適なものとは無縁の暮らしをよしとした。それがしかるべき僧の姿勢とされる。

また、たとえ蓄えても吐き出さねばならない。「サラ（捨てる）」という表現でもってアーチャーンもよく口にするけれど、徹底した離欲の教えとしてあるものだ。その意味でもふたりの旅に消費してよいことになる。溜めた分は有益なことに使い切り、また無一文に戻るのが僧のあるべき姿なのだ。

ために、ホテルなどには泊まれない。タイ国内では寺院があればそこに、なければ野宿をするのがふつうで、海外へ出ても、やむを得ない場合を除いて、有料のホテルは贅沢であるうえ、女性と同衾《どうきん》できる密室となるため、控えるべきとされる。それゆえ、宿泊地を確保することがまず必須の条件となる。季節が夏ならば、公園などで寝袋をひろげるとか、野宿用の寝具（「クロット」と呼ばれる傘状のもの）を持ち歩けばいいけれど、寒い季節に入った日本ではそういうわけにもいかない。いちばんの問題はその点であり、知友を頼るほかない、というのが実際のところだった。

「泊まるところは大丈夫なのかね、トゥルン？」

そう問いかけるアーチャーンの顔は、唯一の心配事としてそれがあることを告げていた。たとえトゥルンに金があったとしても、ホテルには泊まらないよ、というわけだ。

私のことを「老僧（トゥルン）」（タイ北部地方の方言）と呼ぶのがアーチャーンの習慣となって久しい。僧としての位ははるかに上であるけれど、自分の親くらいに老いた僧への呼称として、いささかの敬意も抱いているようだ。

実際、私の年齢はアーチャーンの母親の歳に等しい。そのためでもあるのか、親しみを込めた声の調子は相変わらずであった。

2

その年の「パンサー（雨安居）」（雨季三ヵ月余りの修行期間―タイ暦八月〈太陽暦ではおよそ七月〉の満月の翌日から）も無事に終えてから、本格的な旅の準備に取りかかった。旅そのものを決定したのはそれが始まる直前、七月下旬のことで、泊まるところも旅先と付随して決めていた。何度も宿泊地の心配をするアーチャーンには、

「心配無用（マイトン・ウィトック）、何の問題もないよ」

と、張り切って答えていた。

実際、大船に乗ったつもりでいた。その年の春に帰国した際、そこを泊まりの地とすることに、持ち主である旅館の社長から太鼓判の承諾を得ていたからだ。

それは、まさに海をのぞむ景勝の地にあり、しかも寺であった。いわゆる「禅」を大事な修行法とする宗派であり、私設で宗教法人ではないものの、かつては住職もいて、訪れる人に坐禅を教えるなどしていたことは私も知っていた。そこに、アーチャーンと二人ゆっくり滞在して、瞑想ざんまいの日々を過ごそうと考えていた。

その意図を持ち主の「社長」に話すと、二階にある部屋はかつてのままで、自炊もできるようになっているし、そういうことなら掃除して泊まれるようにしておく、との返事をもらっていたのだ。

取り巻きが社長と呼ぶから私もそれに倣《なら》っているのだが、実は、すでにその地位を退いていた。そのきっかけとなったのがガンなる病で、大手術のあと、どうにか持ちこたえていたけれど、経営の主導権は長男に譲らざるを得なくなっていた。が、息子に社長職を明け渡したとはいえ、まだ力がなくなったわけではないだろう、と私はみていた。ゆえに、

大丈夫の返事に安堵して、すっかりそのつもりでいたのだったが……。

＊

波乱の気配は、はじめからあった。ちょうどパンサー（期）が始まる前日に、私が転倒して頭を強打するという出来事からしてそうだった。打ち続く雨に濡れて苔が生えた僧房の裏手の路地で、スッテンと仰向けに転び、頭頂部を敷石に打ちつけた。

その瞬間、これでわが命も終わりかと感じたものだ。然り、二度目のにっぽん旅行を決めた直後のことで、アーチャーンも喜んで、在家からもらったリンゴの一パックと乾燥させた蓮の実を瓶に入れて持たせてくれた。その帰り、雨が降ってきたので急いでいたこともあるけれど、両手がふさがったままで路地を歩いた、という状況での出来事だった。

これで死ぬのだと思ったとき、不思議とうろたえることがなかった。転んだ身を起こし、どうにか足を運んで房《へや》に戻った私は、一枚の紙を取り出し、こう記す。「私が死んだら次のところへ連絡してください。×××、……」三ヵ所ほどの電話番号を記し、目立つところへ貼り付けた。そういう行動がとれたこと自体、まだ頭は割れていないことの証しだったか。項垂《うなだ》れているうち、ゆっくりとながらも痛みが薄れてゆき、朦朧とした意識が回復の兆しをみせてくると、にわかに眠気をおぼえて横になった。そのとき、これで目がさめれば助かるだろう、と思った。病院（チェンマイ大学医学部付属）へは次の日に、話を聞いて驚いたアーチャーンが連れていき、チェックを受けたところ、大丈夫の診断が下されたのだった。

そのパンサー（期）入り（一般に「カオ・パンサー」と呼ばれる）の前日、満月の日は、「アーサーンハ・ブーチャー（初転法輪）」という、国民の祝日である。悟りをひらいた釈尊がかつての修行仲間である五人の前で初めての説法をなし、すべて仏弟子となった日。つまり、テーラワーダ仏教における「仏・法・僧〈サンガ〉」（三宝）がそろったことを記念する大事な日（ワンプラ〈仏日〉）で、朝夕の勤行にも大勢の在家が集まる。その朝に転んでしまったことが、後々のやっかいな顚末を暗示していたのかもしれない。

大丈夫、との診断だったが、まだ安心はできない、と思っていた。というのも、擦りむいた頭頂部は禿げたように光っているし、少し疲れが出ると偏頭痛を感じたり、ふらついたりしていたからだ。レントゲンを撮るでもなく下された診断には、いささかの疑いを抱かざるを得なかった。

急な異変を心配しながらも、時は過ぎていった。たまにこめかみの辺が痛むことはあっても、まず疲れによるもので、休めば治った。そして、無事に修行期間の三ヵ月が経ち、そろそろ目的地、宿泊の件を確認しようとして旅館宛にメールを打った。以前の計画を実行する時が来たと告げる文面で、それを社長にみせてほしい、と。

ところが、返ってきたのは、思いもかけない拒絶状だった。当館の経営体制が変わったので、そういうご要望にはお応えできなくなりました、云々……。まさしく三下り半の、一方的な新社長の返答に、私の頭は真っ白になった。

それでも私は納得がいかず、話を社長に通してくれるよう、再度のメールを打った。なにも旅館にタダで泊めてくれといっているのではないし、布団と自炊用具さえあれば食事も自前でつくるのだし、放っておいてもらっていいのだが……、そのことにはあえて触れずに、曰く――、あなたの父上とは、長年のつき合いで、男の約束をさまざま交わしてきた。この度も私の希望を二つ返事で受け入れていただいて有り難く思い、すっかり安心していた、云々と。

実際、かつて私が新聞小説の舞台をその町にしたきっかけからして、その社長との出会いであった。旅館のパンフレットには、私が称賛のコメント（いまも使われている）を寄せているし、金銭のやりとりは一切ない代わりに、持ちつ持たれつの関係を築いてきた。同世代のよしみもあって、いわば盟友としてのつき合いを続けてきたのだった。大病を患ったのを機に、経営権を息子に譲らざるを得なくなったとはいえ、いまは会長でもある父親の意向を無視して拒絶のメールをよこすなど考えられない、と私は憤った。

話は通してくれたようで、次の日に返事があった。父親のケイタイ電話（番号）と掛けるべき時刻を記したメールで、やはり愛想のないものであったから、いやな予感がした。

何度か掛けてやっとつながったとき、その予感は的中した。社長の声が消沈していて、第一声からして、申し訳ない、という謝罪の言葉だった。息子が今回の話は断ってくれというのだと、一切の抵抗ができない敗北を告げた。

ごねてみたところで無駄だと判断した私は、即座に、わかりました、と答えて退いた。そして、これは大変なことになったぞ、と心のなかで呟いて、対応策を考え始めた。計画をはじめからやり直さねばならなくなって、転んで頭頂部を強打したのとはまったく別種の、アタマの痛いことが始まったのだ。

3

一切の贅沢をいわないのがテーラワーダ僧である。アーチャーンはとりわけ「戒律」なるものに忠実で、十一歳で得度して以来、その僧生活で築き上げたものは、質実ともにシンプルそのものといってよい。衣食住にわたって質素倹約が当然のごとくにあり、いかなる不便、不自由にも小言をいわない人だ。房の外に、小ぶりの冷蔵庫が置いてあるが、たまに柑橘類が入っているだけで、およそカラッポである。水すらも常温でよいとして、入れていない。

そういう僧が旅の相棒でなければ、私の頭痛は限界を超えたかもしれない。命に別状がないかぎり、どんな条件にも耐えてくれる、というより耐える必要がないほどに、日々、命を維持するに足るだけの、必要最小限のモノを得ればよしとしている。従って、かぎられた資金で旅の日程をこなすための算段をする、つまりバスや列車の乗り継ぎ等の計画を立てるなかで、少々のことでは我慢のうちに入らないのが何よりだ。「マイ・ペン・ライ（大丈夫だよ）」がしばしばのセリフで、およそのことがオーケーなのだった。

食事は一日一食である。アーチャーンは、以前の奈良の宿でもそうだったが、夕方に許されるチーズやヨーグルトの類を口にするだけ。朝食もコーヒーのみ。私はビスケットなどの軽食を早朝にもかじっていたが、いずれにしても午前中だけですませる。

寝床はフロアでよく、狭いベッドでもあればなおよし。衣類はチーウォンほか黄衣の着た切りである。履物はサンダルでいいし、速い電車に乗って急ぐ必要もない。つまりは、何であれ快適である必要がない。いや、釈尊の時代からこの方、それを排するのがテーラワーダ僧の原則なのだ。

ならば何とかなるだろう、と私は気を取り直した。そして、あちこちにいる、話せば聞いてくれるはずの友人たちに思いをめぐらせて、それぞれにメールを打った。

まず、恰好の知友がいた。東京都のほぼ真ん中、ＪＲ田町駅から歩いて七、八分のところに長年のつき合いである写真家のＯが事務所を持っている。雑居ビルの九階、広いフロアの奥に付属の一室があり、狭いベッドが据え付けられているのを私は知っていた。ふだん夜に寝るためには使わない、休憩用のベッドであり、そこをアーチャーンに使わせ、私はフロアに寝袋を広げる、ということでどうだろうか、と伺いを立てたのだった。

実のところ、持ち主の知友は、いま現在は別の街に住んでおり、その部屋は知人のカメラマンに貸していたのだが、その彼氏の昼間の仕事を邪魔しない、という条件でもって何泊かすることにオーケーが出た。人の多い東京はパスする、という当初の計画はそれによって一変することになったのである。

次は、やはり海があるところに越したことはないと思い、お願いのメールを打ったのが、湘南の辻堂に住むMだった。比較的新しい友で、私がタイへ移住して以来、バンコクに暮らしていた頃、同じアパートを定宿としていたことから知り合った、私より三つ年下の翻訳を業とする男性だった。以前、帰国した際に一度、お邪魔して、2LDKの部屋にひとり住まいであり、ひと部屋はそっくり空いているのを知っていた。それをアーチャーンに譲り、私はリビングのソファに寝袋を広げる、ということでどうだろうか。

これも即座にオーケーの返事がかえってきた。いまは仕事を干され、ヒマをしているから、泊まってもらっていいです、と。家族のない独り暮らしであり、しかも本人は仏教に関心があって、いろいろ教えてほしいというから、何かと好都合だった。

こうして、だんだんと整ってきた。往路の機中泊を含めて九日間の予定は、もう航空券を買ってしまっているので変えられない。ために、あと一息、どうにかして泊数を埋めねばならなかった。一つ所に数泊が限度であり、それ以上は迷惑であると心得ておかねばならない。何しろ、私たちはふつうの日本人の日常とは違う、夕食もとらない変則的な一日を過ごすことになるから、長くはお邪魔できないと考えていたのだ。

出発まであとわずかとなって、アーチャーンがこんなことを聞いてきた。日本のナゴヤというところに、ブッダのお骨が納められた寺があるのだが、トゥルンは知っているかね、と。聞いたことがある、と私は返した。確か、タイの王室から仏舎利（プラ・バロム・サーリーリカタート〈略称・サリラ〉）の分骨、贈与があり、それを記念して建てられたお寺のことであるはずだった。そこへ行きたいというのだろうか、と私は思い、もしそうなら、名古屋までの交通費が高くつくため、問うのをためらっていた。

だが、当初の予定をがらりと変えることになった旅であるから、いっそのこと、少々のムリをしても名古屋行きを敢行するのがよいか、と思い直した。きれいな海に代わるものを用意したい、という気持ちがあったから、ブッダの遺骨はその一つとなるにちがいなかった。

何とかしよう、と私は決めた。それをアーチャーンに告げると、ひどく喜んで、

「トゥルンはよい体験をくれるね」

と、丸顔をほのかな笑いに染めた。

バンコクにも一つ、仏舎利が納められた寺がある。ワット・サケート（「黄金の山」の

意）という、ラッタナコーシン島（旧都区域）にある王立寺院だ。そこへはむろん参ったことがあるけれど、日本のそれへは知り合いの僧もひとりとして行ったことがないという。名古屋へもいかに倹約の旅をするか、その知恵をしぼることにした。私にとっても、そのことが一つの体験となるはずだった。

4

チェンマイ空港は、寺から二十分ほどで行ける距離にある。

車を出してくれたのは、昨年の出発時と同じ在家の信者で、アーチャーンのことを「タン・マーハー（大きなあなた様、の意）」と呼ぶ、まだ三十代前半の男性だった。実に忠実な僕《しもべ》といってよく、何でも聞いてくれるし、気をきかしてあれこれのモノを布施として運んでくれる。

やや小太りの丸顔はいかにも人のよさを映していて、寺の境内の一角に常設の小さな飲み物の露店を持っているだけだ。あまり欲もなさそうで、食べていけさえすればよいという、敬虔な仏教徒だった。

その彼が、旅をするアーチャーンに、昨年と同様、日本でもインターネットができるよう、通信会社と契約してくれた。私もそれを共有できるのでありがたい。

そういう布施は、ほかの在家信者からもあって、ふだんは何も要求しないだけに、日本へ行くとなると、この時とばかりに集まってくるのだ。今回も以前と同様、新品のサンダルが続々と届いた。が、昨年の母親からの贈り物を旅が終った後も大事にとっておいた(そして元通り安物を履いていた)アーチャーンには、どれも必要がない。さらに、しっかりした小ぶりのスーツケース(これも不要)、日本は寒いだろうというので暖かそうな茶色の長袖シャツ(これは私の分と二着の献上でありがたい)、お金は方々から合計約一万バート(三万円と少し)で昨年と同額。毛糸の帽子(これも複数)、シャンプー、石鹼、歯ブラシ等のセット……、あれこれと過剰なほどの献上である。

なかでも貴重なのはやはりお金で、アーチャーンはそれを全部使ってくれる。昨年の旅でもそうだったが、一円も余さない。小銭のお釣りがあれば私に渡す。すべて使いきって余分を残さない(無一文に戻る)のが、テーラワーダ僧の姿勢と心得ているからだった。

聞けば、最も尊敬するテーラワーダ僧は、マーハー・カッサパ(大迦葉)だという。第一回の結集《けつじゅう》を主宰するなど(入滅した)釈尊の後を継いで教団をまとめていく大長老だが、釈尊からもらった衣を生涯にわたって着通し、また「樹下」を寝床として一日一食を守り、在家からの誘惑的な申し出はすべて断ったという、そういう長老を手本としているのだから、私との違いは歴然としている。今回も前回と同様、その差があちこち(すなわちアーチャーラ・コーチャラ〈僧の行儀作法、正しい行動〉に出るような気がするのだった。

＊

夕方、六時四十五分発の航空機は、バンコクで乗り継ぐことになる。

ドンムアン空港では三時間以上もあるけれど、荷物は下ろす必要がない。私のカバンは十五キロ、アーチャーンのそれは五キロほどで、計二十キロ。チケットの購入はネットで、航空券に上乗せして支払った預け入れ荷物代（二十キロ以内）は従って、私の分だけでよかった。

空港には、僧のための待合室がある。僧になりたての頃はそれを知らず、在家と同じ椅子に腰かけていると、職員がやって来て、こちらへどうぞ、というのでついていくと、小ぎれいな別室があった。チェンマイのそれにはブッダ像が据えられており、礼拝室にもなっている。ゲートのそばにも一般客とは別の、衝立で仕切られた一画にやはりソファとテーブルがあり、せっかくなので遠慮なく腰かけることにした。

そうした待遇はしかし、僧はビップであるから、というだけではない。それはむしろ二の次で、テーラワーダ仏教の戒律がそうさせているといえる。チェックインのときからして、カウンターの女性が航空機の係員と電話で連絡をとり、僧がふたり、と告げて対処を促した。つまり、隣に女性が来ないよう注意するように、というわけだ。そして、それは待合いのロビーでも（その他の場所でも）同じことで、事情がわかっているタイ人女性は近づかないが、他の国籍人でそれを知らない女性は平気で隣に腰かける。と、アーチャーン（あるいは私）は即座に席を立つことになる。

それは、昨年の奈良でも経験ずみだった。女性の衣服に僧衣が触れることはご法度だけれど、たとえ触れなくても隣の席に女性が座ることは避けねばならない、との掟がタイ社会には行きわたっているのだ。

アーチャーンとの旅は、いろんなことに気づかせてくれる。私の立ち飲みを、僧は座って飲むものだよ、といってたしなめる。バナナはかぶりつくものではない、スイカも同じ、カットしてから口に運ぶ、等とその口調は常に穏やかでトゲというものが一切ない。

僧の行儀作法や行動規範については、戒には明言されていないことが多々あった。人前で脚を組むことやラッパ飲みもその類だが、大声で話すことや哄笑しながら歩くべきではない、といった明文化された行儀と関わることがいろいろとある。

バナナの食べ方には、いささか感動したものだ。確かに半分だけ剥《む》いて、後はフォークなどで適当にカットすれば、簡単に品よく口に運べる。いつぞやは、バターを塗った食パンにかじりつくと、それも適当な大きさにカットするようにというので、これにはさすがに行き過ぎの感をおぼえたものだが、大きく口を開けてかぶりつくのが下品であるというのはわからないでもない。

「富士山がきれいだといいんだけど」

と、私はふと思い出していった。

「プッカオ・フジ！」

山のタイ語を使って、アーチャーンも期待する。あまりに有名な世界遺産……。

当初は予定になかったそれを組み込んだのは、やはりきれいな海に代わるものを、と考えたからだった。そして、都合のいいことに、私の旧友、大学時代の同級生がその麓の街に住んでいる。間もなくやって来る季節には、眼前に富士がみごとな姿を見せることを知っていたから、一宿一飯《いっしゅくいっぱん》を乞うメールを打つと、これも即座にオーケーが出た。また一つ、夜を越せる場所が追加できたことに、私は安堵した。

名古屋から東京へと戻る途上に、一泊だけ立ち寄ることにしていた。

5

人には何が起こるかわからない、一寸先は死が待っているかもしれない。

僧になってからは、そのことをいっそう実感する。アーチャーンもそれは同じらしく、私が、「また明日」と別れ際にいうと、「生きていればね」と返すのが常なるセリフだ。私が僧房の路地裏で滑って頭を強打したときも〝アニッチャー〟と、アーチャーンはパーリ語でいってほのかに笑った。「無常」の意だが、その理《ことわり》を日常的に自覚しているから、明日のことなどわからない、生きていれば会うよ、というわけなのだ。

人間にとって、だから無常は「苦」ということになる。思いもよらなかった宿泊予定地の逆転もそうだったが、一寸先は闇ゆえ、そのことをふつうは心配してしまう。心配（ウィトック）も苦のうちである。

アーチャーンは、今回の旅をパヤオ県にいる母親には告げないつもりでいた。前回、日本へ行くというと、心配が過ぎてしまったからだ。男児は一人きりの母親にとって、アーチャーンはまさに宝ものであるから、何かあった日には大変である。寺にとっても、あるいは教えに出向く教育現場にとっても、かけがえのない存在だ。それがわかっているだけに、何ごともなく、無事に帰さねばならない、という意識が常にある。つまり、私もまた心配苦から逃れられず、そのことが長姉の所有する奈良の空き家が定宿《じょうやど》としてあった前回と違って、いくらかの気の重さをもたらしていた。

日本は寒い季節に入っている。朝方の東京の気温は摂氏十度程度、というと、チェンマイのいちばん寒い日よりも三度ほど低い。風邪をひかせるわけにはいかないから、そのための対策もしないといけない。友人たちの家には布団が足りないかもしれず、そこで寝袋の他に毛布を一枚バッグに入れ、あとは腰巻（サボン）の布を余分に一枚、それにショールにもなる同系色の温かな布を持参していた。

もとよりの冷え性は、齢《よわい》を重ねるにつれて加速してきたようだ。実際、今回の旅の途上で七十歳を迎える。たぐい希な長寿とされる「古希」であるが、とても喜べない。寒季の摂氏十二、三度まで下がるチェンマイの朝は震えるほどで、裸足で托鉢に出る際にもこっそりと(在家に見えないよう裾の露出に気をつけて)着けるズボン下の温みがありがたいのである。

機中では、ふたりとも一列三席の真ん中の席(アーチャーンが前)だった。左隣を空けているのは、衣が通路をゆく女性に触れないようにするためだ。が、飛び立ってしまえばかまわないというので、右隣の男性の巨体を避けて通路側へ移動した。在家の頃から、必ず通路側にしたものだが、トイレが近いから、という理由にすぎなかった。

ドンムアン空港(バンコク)で三時間ほど待ってから、成田行きに乗り継いだ。それからは夜間飛行になるわけだが、さすがに空腹を感じた。旅をすると、これがいささかやっかいである。よく歩くので、腹の減りようがふだん僧房にいるときとは比較にならない。わかっていた私は、許される食べ物、すなわちチーズとチョコレートを持参していた。

チーズに関しては、乳製品としてふだんでも時間外(昼食後から翌朝まで)に食べることが許されているけれど、チョコレートは微妙なところだった。それはもともと飲み物として流布したもので、飲み物ならば許されているから問題ないだろう、という理屈だ。口の中へ入れるとすぐに溶けて、カカオの液体と化す。緊急時のエネルギー源として、旅の間くらいはいいだろう、とアーチャーンも認めていた。

夕食は前もって注文するフライトなので、私たちには好都合だった。が、飛び立ってしばらくすると、その時間になる、と、いい匂いが周りから漂ってきた。チーズをかじり、チョコレートの一塊を口に入れて凌いでいると、気の毒に思ったか、タイ女性のアテンダントがジュースを持ってきて、アーチャーンと私へ、ひざまずいて合掌してからテーブルに置いた。

空港でレモン水を買おうとした際も、店の女性は、タワイ（献上）、と告げてお金はとらなかった。個人の店ではおよそ布施となることが多いけれど、雇われ店員の場合はそういうわけにいかない。しっかりとお皿に置かれたお金をとり、お釣りがあると、きちんとお皿に戻す。何であれ、僧に直接手渡してはいけないことを、タイ人女性はみんな知っている。この辺は徹底していることに、私は未だに感心するのだ。

＊

成田空港第二ターミナルで、番線を間違えて予定の電車に乗り遅れた。左右を壁で仕切られたホームで、待っているホームと反対のホームに来たらしい電車が行ってしまったのだ。そういえばその番線には人がいないことに気づくのが遅かった、この辺の感覚が鈍感になってしまっている。特急料金を張りこんだ罰当たりか。しかし、券売カウンターに引き返して次の快速電車にしたおかげで、千円ほどが浮いた。

急ぐ旅ではないのに、なぜ特急に乗ろうとしたのか？

おそらくは昔の、なぜか急《せ》かされてしまう習性が残っているせいにちがいない。時間を買う必要がない旅であることを忘れるなかれ。帰国して少しは嬉しいのか、どこかしら落ち着きに欠けている。「浮つき（ウッタッチャ）」は煩悩の一つであり、確かに失敗の因となる。戒めながら、先の特急と目的地まで二十分くらいしか違わない電車に乗り込んだ。

隣の席に女性が来て、私は立った。髪の長い妙齢の異性は不審げにジロリと目線を向けた。アーチャーンは目を細くして笑っている。

日本国を旅する以上、どこまでもつきまとう、僧としてのアーチャーンとの差、そして日本との隔たり……、今回もまたそれが始まったのだ。

6

その隔たりは、またも現実のものとなった。

無事に予定の宿泊地に着き、やっと荷が下ろせるかと思ったのもつかの間、エレベーターを降りた九階で出くわした一人の男の視線が不気味な色に染まった。

「おたくら、何者？」

第一声からして敵意を含んでいる。私は、この部屋のオーナーの友達で云々と説明を始めると、ミンパクじゃないの、と耳慣れない言葉が返された。

ミンパクとは何ぞや？

そう問い返す暇もなく、

「ミンパクはいけないことになっているんだよ！」

と、男はまたも声音にトゲを込めた。面倒くさい、と私は苦笑して、階下のポストにあった部屋のカギを鍵穴に差し込んだ。早くひと息つきたい、との気持ちから、男を無視し、ドアを開け、アーチャーンを先に入れるまでの間に、男はまたも、ミンパクはいけないんだよ、おたくら何者？

「だから、友達だっていったでしょう」

そう応えながら、身を入れてドアを閉めようとする。と、男は声を震わせて、

「困るんだよ、お宅らみたいな宗教がかった人に出入りされると！」

かまわずドアを閉めると、「おい、開けろ！」とがなり立てた。同じ言葉をわめき散らしながら、拳のノックをドアへ驟雨のごとく叩きつける。

何ごとが起きたのかと、アーチャーンは緊張の面持ちで問いかけた。初っ端《ぱな》からの不穏な空気に、私のほうがいささか頭に来ていた。オーナーの電話番号を教えろ、と怒鳴る男

へ、知らない、と応えると、またドアへノックの雨を浴びせながら、おい、開けろ、おい……、と怒鳴り声を放ち続けた。

開けるとまずいことになると判断した私は、それからは無視を決め込んだ。出ていけば喧嘩になりかねない、放っておけばそのうち止むだろう、と判断したからだった。刃物など持ち出され、アーチャーンにケガでもさせたら大変だ。が、そういう最悪の事態も想定しないといけなかった。見ず知らずの者同士の奇怪で凶暴な事件例が記憶にあるからだ。

そんなことより、食事が先だった。無礼な男は後回し、相手にしている時間はない。時計の針はすでに十一時半を指している。十二時までに食べ始めねばならない戒は、旅の僧が苦労するところだ。が、一分前でも箸をつければ、あとはゆっくり食べて、一時になろうと二時になろうとかまわない。ただ、食べ終わってからは、もう次の日、辺りが

白み始めるまで、硬いもの柔らかいものに関わらず、口にすることはできない。機内ではチーズとチョコレートの少々で胃袋をなだめてきたが、そろそろ限界に近く、足がふらつくほどの空腹をおぼえていた。

人に頼んで送ってもらった宅配便が前日に届いていた。そのダンボールから、玉ネギ、じゃがいも、ブロッコリー、人参などを取り出し、台所で適当に切り刻み、鍋に入れて煮込む。僧は料理をしてはいけないのが原則だけれど、世話をしてくれる在家（ヨーム）がいないときはしかたがない、と奈良での前回と同様、アーチャーンも認めている。

今回、人に頼んで仕入れてもらったのは野菜類と納豆、豆腐、味噌などの、いわゆる菜食的なものばかりだ。肉類は、魚のみ、それもカツオ節だけである。テーラワーダ仏教では食のタブーはなく、何でも食べてよい。そのことが過食を招き、僧の肥満がふえる一因であるのは、アーチャーンも認めるところだ。

飯を炊いている暇はないから、野菜の味噌煮込みに加え、ちょうど二食分あったインスタント麺でその日はすませることにした。十二時五分前に鍋の火を止め、麺に熱湯を注ぎ、やっと一分前に箸をつけた。アーチャーンには前回の旅で箸の使い方を教えてあったが、忘れずにいて、私に劣らず器用に扱える。

男は、あきらめて立ち去ったようだった。が、同じ九階の隣の部屋に住んでいるようだから、いつまた襲来しないともかぎらない。

宗教がかった人に出入りされると困る、という男の言葉が脳裏に引っかかっていた。ミンパクの意味も気がかりだが、そのセリフのほうが私に隔たりを感じさせた。

わが国には、少なからずの宗教アレルギーがある、と以前から思っていた。そんな国にしてしまったのは何の、誰のせいなのか、と箸を動かしながら考える。

さかのぼれば、明治の開国以降、神仏分離を図って仏教を排斥した（天保暦〈太陰太陽暦〉という優秀で貴重な伝統文化も捨て去った）頃から捩《よじ》れは始まっていた。平和主義で生きものの殺しなどを否定する都合のわるい宗教を斥け、偏った神国へ、欧米に追いつけ追い越せの富国強兵へと走った。泥沼の日中戦争もケリがつかないまま、さらに巨大なアメリカ（ほか連合国）との勝てるはずもない戦いへと突入していったのだ。

愚かしい十五年戦争（満州事変からの日中戦争も含めて）の後遺症は長く尾を引いて、こっぴどい敗戦をなめた後の人々は、みずからの心の拠り所、精神風土を見失っていった。まさに戦後の「断絶」が教育制度から政治、経済、さらには宗教の分野にも及んだことの証しであったろう。旧来のものが衰退していくなか、そのことに危機感をおぼえて新しい宗派を立ち上げる有志がいたのは必然の理であったといえる。が、なかには怪しげな宗教がはびこり、さまよえる若者を取り込んで偽りの繁栄をなしたものもあった。それは、戦後日本人にこそ真の精神的な支えが必要であったはずの状況下で、少なからず不幸なことであったと、いま僧として思うのだ。

昨年の春、奈良、京都を旅した際は、アーチャーンの母親に、日本へ行くのを反対させる一因となった事件もそうだった。都心の地下鉄に毒物《サリン》を仕掛け、罪のない多数の民衆を殺傷した話は、タイの最北、パヤオ県の田舎にまで聞こえ、一介の農婦に心配のタネを植えつけた。事件のショックは日本のみならず、海外の隅々にまで及んだことは、私が見聞して知っている。それによって、他のまっとうな会・派がどれほどの悪影響を被ったかは数字で表せないだけのこと、計り知れないというほかはない。そしていまも、私たちがそのアレルギーに染まった一人の男性から、ドアにノックの雨を浴びせられたというわけだ。

「日本の麺はどう？　インスタントだけど……」

私が尋ねると、

「オーケー、問題ないよ」

いつもの笑みで応える。

問題があるかないか、食についてもそれだけであることの意味は小さくない。美味か否かの言葉は口にしない。それがテーラワーダ僧というものだと知ったのは、出家して間もない頃のことだ。

そもそも、おいしい（アロイ）というセリフ自体が「欲」なるものに通じている。ふつう人は欲を満たそうとして、美味を求めてやまない。口にしたものがおいしくなければ不満をいう。怒りだす人さえいる。「舌（リン）」で感受したものを好き嫌い等の感情に転化させ、それを作った人を非難するといったことも起こり得る。人がそうした感覚や意識に囚われて、感情を波立たせている以上、幸せに生きているとはいえない、とテーラワーダ仏教では教える。

美味はまた、危険と隣り合わせだ。甘いは旨い、しかし甘いものには毒がある。ゆえに、心得るべき基本はただ一つ、命を正しくつなぐものであればよい、である。だから、これで問題ナシ、というわけなのだ。

アーチャーンは、ゆっくりと箸を動かす。静かに、落ち着いて、少しずつ口に運ぶ。私も見習って、ひと噛みごと、ゆるゆると、しっかりと、噛み合わせる。時間が許すかぎり、瞑想的に、丁寧に食べるのを心得としているのだ。

現代社会ではしかし、そうすることを阻む因があれこれとある。仕事優先で時間に追われているため、他人のペースに合わせたり話をしながら食べるため等々、しかも「欲」なるものが加わると、さらに悪習慣が身についてしまう。早く空っぽの胃袋を満たしたい、という無意識的な欲が早食いを招き、好きなもの美味しいものは沢山食べたいために、短い時間ながらも過食となり、結果、胃袋を痛めつけている。環境要因と欲の合作がガンなるもので、生活習慣病とは飲食欲病である、というのが僧になってからの私の考えだった。それまでは、美味なるモノを追い求め、まずければ小言をいい、つまりは感情に弄《もてあそ》ばれて、あげく、満たされないままに過ごしていたのだけれど。

それゆえ、食欲病と縁のないアーチャーンとの旅は、時間の戒を守ればよいだけで、量や味の心配をする必要がない。これまた、ラクの一つだった。一日一度の大事な食事だけに、たっぷりと時間をかけてすませると、ドアにノックの音がした。

一瞬、あの男が舞い戻ったのかと思ったが、そうではなかった。いまは部屋の主で、オーナーから借り受けて写真事務所として使っている人だ。

やぁ、いらしてましたか、と気さくにいうN氏へ、私は挨拶を返し、お世話になる旨を改めて告げた。続いて、何か問題はなかったですか、と尋ねる相手へ、

「ミンパクというのは、何のことですか？」

さっそく、そう問うた。

はッ、とN氏は敏感に何かあったことを察したようだ。

「誰か、何かいいましたか？」

問い返されたので、正直に隣の男のことを話した。それは大変でしたね、と笑っていられるのは、私たちがとりあえず無事であるからにほかならない。

実は、東京オリンピックを再来年《さらいねん》に控えて、外国人客のためのホテルが不足することは明白なので、民《ミン》宿としてマンションの部屋を提供することが公的に許された。ために、それぞれに是非を決める話し合いがなされてきたのだが、結果、このマンションはそういうことはしない、という方針が決定されたのだという。

まるでマンション村社会だ。個々の勝手は許されないのだろう、と私は思った。つい先ごろの話だそうで、男は、妙なる風体の二人を見て、きっとそうだと思い込んだらしいのだ。が、それだけではない、という私の思いに変わりはなかった。オリンピックはまだ先の話であり、だいぶズレている。ミンパクは早すぎる。そうではなくて、宗教がかった人の出入り……云々だ。男は、結局のところ、それを嫌悪したにちがいない。

「とにかく、我々は目立ちますからね」

そういってN氏に笑いかけ、その話はお終《しま》いにしたのだった。

7

東京タワーへは、私も上ったことがなかった。

学生時代に東京へ出てきて以来、タイへ移住するまでの四十年近い歳月を過ごす間、ただの一度もない。およそ珍しいモノ好きで何でも試してみたがる性格であるが、東京の街を空高くから眺めることには興味がなかった。それは飛行機からで十分、別に真新しい経験ではないし、きれいなわけでもない。が、アーチャーンと東京に滞在する時間を持つことになって、さて、どうしたものかと思案するうち、田町からも近いそこへと向かうのがまずは妥当かと考えた。それに、その麓には増上寺がある。どこでもいいからお寺を訪ねるというのが、アーチャーンの希望であったから、その面でも好都合であった。

ところが、地下鉄に乗ろうとして地下へ降りたが最後、歩けど歩けどホームに着けない。芝公園までたったの一駅だから、歩いたほうが早かったのに、東京の地下鉄は乗り換えに長い距離を歩くことが往々にしてあるのを忘れてしまっていたのだ。

その遠さに驚き呆れる私に、アーチャーンは、マイ・ペン・ライ（かまわないよ）、の一言ですませた。ここでもお供に気を使わなくてよいことがありがたい。やっと辿り着くと、停車中の電車が動き出した。これでまた待ち時間がある。

急ぐ必要などまったくないのに電車に乗ろうとした浅はかさ。寒空の下を歩くのを厭《いと》い、少しでもラクをしようとして地下へ降りたのだった。が、その怠惰さ、狡《ずる》さがシッペ返しを受けたのだ。ラクなほうを選んだつもりがそうではなかったことが、これまでの人生でいくらもあったような気がする。

地下鉄を降りても、また歩かねばならなかった。こんどは地上まで遠くはなかったが、出たところで案内の地図を確かめてから歩きだした。

昼間の道は空いていて、肩を並べることはできたが、アーチャーンはそれでも私の腕をとり、前方からの女性のみならず、頭の裏にも目があるのかしら、後方からの人を除けるのにも余念がない。注意深く、衣服に触らないように気をつけるのは、昨年の大和路にも増して、といってよかった。

間もなく、東京タワーが見えてきた。高台に聳え立っているのが勇壮で、ほう、と私は感嘆の声を上げた。タワーのことをタイ語で「ホウ」というので、ほう、ほう、とくり返すと、アーチャーンも感激の体《てい》だ。海を見るより先に塔を見て、これもはじめての体験にうれしげな顔をする。やはり、ホウ、ホウ、とくり返し仰ぎみて、スマホのカメラを向ける。お上《のぼ》りさん、とはよくいったものだ。これからタワーにのぼるのだから、そのものズバリだ。

増上寺の境内を歩いた。本堂に入ると、いろんなモノが売られている。仏教に関係するものがほとんどだが、アーチャーンにはむろん何もわからない。大乗仏教についてもとくに意見はないけれど、妻帯した住職が寺の敷地内に家族と共に住んでいることには驚いてみせた。奈良の姉の家に隣接した寺でのことだ。

そのときはさすがに日タイの隔たりを感じたようだが、比較などする必要はない。比べると、意見が出るに決まっている。そして、それはきっと自分勝手な見方、偏った見解になる。そういうものを「見（ティッティ）」（重大な煩悩の一つ）とするのが我らの仏教であるから、ここは黙って見学するしかない。

徳川家の菩提寺として有名で、幾人もの将軍が祀られた浄土宗の寺だ。東京を代表する寺の一つだが、貴重な文化財が戦中の東京大空襲で焼失したのが、奈良や京都とは違うところだ。確か『忠臣蔵』ともゆかりのある、長い歴史を持つ寺である。

忠義を重んじる「武士道」はまさに日本の伝統文化だが、仏教がその精神をおよそ包含するのは当然といえばいえる。日本人の心の根っこには、その教えが息づいていて、戦前の修身などにもみられる精神性の大きな要素であったことを思わざるを得ない。その仏教をすさまじかった「廃仏毀釈」などで排斥して本来の姿（神仏習合の伝統）を変質させ、偏った神国にしてしまったのは、明治の開国以降、とりわけ十五年戦争が始まる昭和六年（満州事変）以降のことだった。そこにも、戦後、国家神道が戦争の後押しをしたと断じたマッカーサー（GHQ）の施策の背景をみるのだが。

もっとも、歴史をさかのぼれば、伝来以来の日本仏教なるもの、その時代の権力者によって弾圧と保護がくり返されて、一つの絶対的な存在がなかったという意味でも、テーラワーダ仏教とは対極にある事実だ。

「トゥルン、あれはブッダなの？」

アーチャーンが聞いてきた。本殿の奥の方へ視線をやって、もしそこに居られるなら、仏弟子は掌を合わせねばならない。ひざまずいて三拝もしなければならないからだ。

「我々のブッダは、ここにはいない」

ひとつ首を振って答えた。むろん釈尊《ブッダ》もまた、浄土へと導く教えの遠景としての存在ではあるのだが。

浄土宗の本尊は、阿弥陀如来。ここでは、開祖は法然という人（浄土真宗の宗祖・親鸞はその弟子）で鎌倉仏教の一つ。南無阿弥陀仏《なむあみだぶつ》、と同じ経文をひたすらくり返せば救われて極楽往生ができると説くシンプルな教えは、混沌の世の民衆には受けがよかったのだろう。それなりの修行を求める（自力の）上座部《テーラワーダ》では、本尊はひとり、釈尊のみである。そして仏弟子はその教えの代弁者としているだけで、その大尊師―ブッダを超えることはできない。

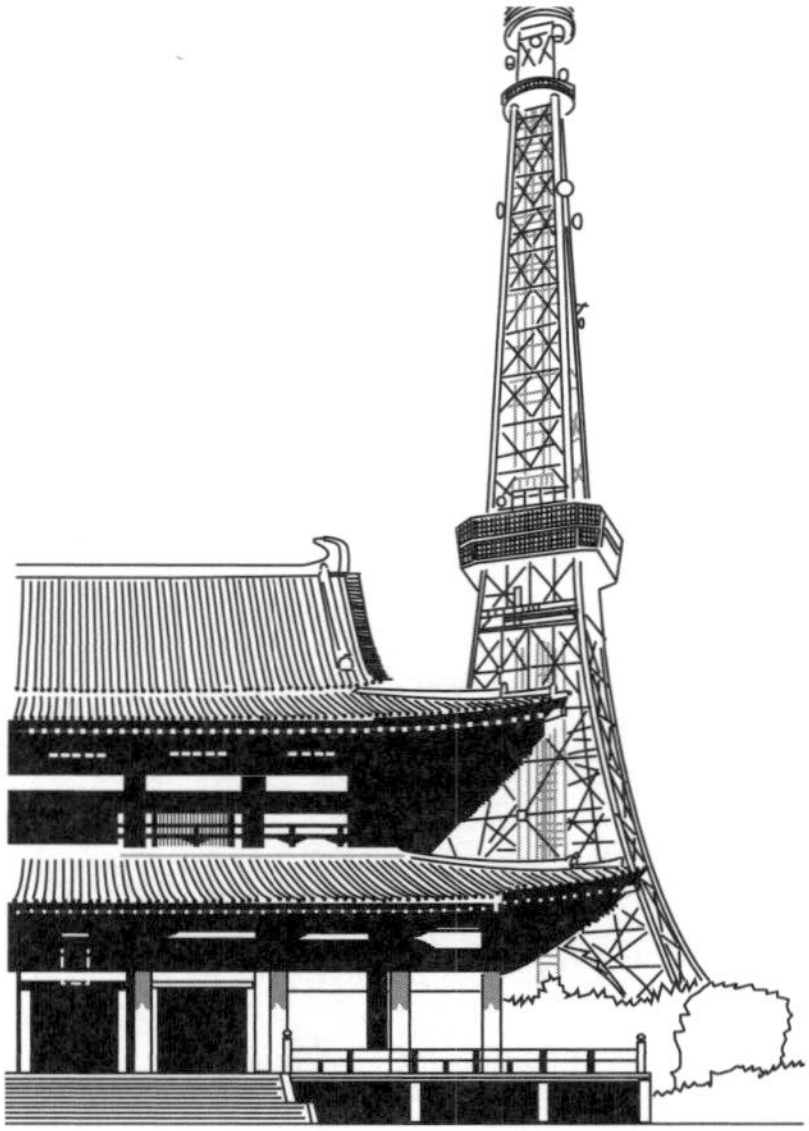

売り場に「般若波羅蜜多心経《はんにゃはらみったしんきょう》（般若心経）」のマメ本があった。色即是空、空即是色――、有名な経文だが、その意味内容、「色」と「空」の理念は、テーラワーダ仏教においても奥が深い。「空」はパーリ語では〝スーンニャ〟（タイ語は「スーン（ゼロの意）」）と表されるが、教理の根幹をなし、十項目の「波羅蜜（パーラミー）」や「無常（アニッチャー）」及び「無我（アナッター）」の教えとしてあるものだ。大乗仏教の「空」の思想を確立した

とされる龍樹（ナーガールジュナ）は、もともと上座部の出身であったから、釈尊が説いたことと基本的に変わりがないのは当然のことだ。

「常」なるは〝ニッチャー〟「我」なるは〝アッター〟として、それらを否定する「ア（ン）」がついて、そういう否定語となる。この世界のあらゆる物質（色）は常ならず、また「我」（心と身体）もまた変化、生滅をくり返して留まることがない。ゆえに「空」つまりは（不変の）実体がない、あるのは（瞬間的、一時的な）現象のみ、とする。

日常的に唱える「五蘊（カン・ハー）」についての経もそれに当たる。人間という存在は、色・受・想・行・識という五つの蘊《うん》でもって、すべて説明がつく、とする。そこに「六根（＝六処）」なる眼・耳・鼻・舌・身・意（＝心）が関わって、それらが感「受」することからすべては始まる。美しいモノを見れば、いい匂いのモノを嗅げば、何らかの「想」いが動き、次には「行」為・行動を起こし、その結果を認「識」するに至る。その五蘊の流れのなかで人は生きており、しかもそれぞれのパーツは常に変化して一定ならず（無常）、また思う通りにもならず（無我）、ゆえに人間（色）もまた「空」である。にもかかわらず、それぞれのパーツに（とりわけ最後の「識」に）「執着」（ウパターナ）してしまうのもまた人間であり、それが苦を招く元凶であるがゆえに、それを無くすように努めよ、と説く。

その真理を習慣として身につけるために、古来、経としてくり返すことが延々と続けられてきた。「般若」はパーリ語（原始〈上座部〉仏教の公用語）の「パンヤー（慧〈知恵〉）」

から来ており、仏教が最終的に至上の価値をおくものだ。すべての教えは真理の理解に通じ、それによって苦を滅じ、さらには滅し、帰依（南無《なむ》）して法を実践する者（在家も含めた修行者）を悟りへと向かわせる。

これは〝ニッバーナ（涅槃《ねはん》）〟への道が説かれたものだというと、アーチャーンは、ほう、という顔をする。その説法の中身やプロセスには違いがあるものの、基本は同じ、煩悩を滅して真理を実践すれば悟りに到達できる、すなわち「苦」と無縁の至福の境地（死後の世界をも含めて「涅槃」と呼ぶ）があるとされる。高くて遠い、私には手が届きそうにない、修行完成者「アラハン（阿羅漢）」（その入滅はとくべつに〝パリ・ニッバーナ〟と称され、とくに釈尊にはマーハー〈大〉が冠せられる）の境地だ。

ふと気がつくと、アーチャーンの姿がない。売り場などに用はないため、出入口のところで背中を向けていた。すでに東京タワーのほうへ関心が向いているようだ。

＊

正式名称は、日本電波塔というらしい。これもはじめて知った。

一九五八年（昭和三十三年）の竣工であることもむろん知らなかった。ということは、私が十歳のとき、と、これは計算がラクだ。満七十歳まであと一日を残すのみ、従っていまから六十年前ということになる。

そういえば、戦後にテレビなるものが登場し、放映が本格化したのもその頃だった。が、我が家にはそれがなく、他所《よそ》の家へ見せてもらいに行った憶えがある。まだしも豊かな織物工場を持つ同級生の家へ、遠慮しいしい、しかし誘惑には勝てず、子供向けのドラマ、勧善懲悪劇を見に出かけたものだ。善を勧め、悪を懲《こ》らしめる、それやこれやのドラマは、当時流行《はや》って子供たちを虜《とりこ》にした。そういうテレビ・ドラマや雑誌の漫画は、精神性の希薄な公教育ほか戦後社会における、せめてもの心の養い、番外の潤いであったような気がする。中学生になって、わが家にテレビが来たときは、うれしい気分にさせられたものだが、一億〈総〉白痴化をもたらすもの等と識者（最初は大宅壮一）が警告を発したのもその頃のことだ。

しかし、白痴化を招くであろうといわれたのは、その背景に、焼け野原となった国土そのものがあったからだ。例えば「リンゴの唄」（昭和二十年・並木路子唄）の大ヒットは、方々の都市が焦土と化した後の人々の虚無感に訴えたというのが定説だが、まさに呆然自失の虚《から》っぽ状態にされた精神がもともとあったところへ、テレビの（娯楽中心の）番組が入り込んできたということだろう。戦後復興と経済成長を最優先させた社会そのものの内に病《やまい》はすでに巣くっていたのであり、人の心身に多大な損害を与えた凄絶な自然破壊と公害の始まりとも軸を同じくして、日本人の心が（米国の占領政策もまた功を奏して）受動的な享楽志向へと傾いていった、いわば総体としてのハクチ化というのなら、わかる気がする。昨今は、テレビよりもスマホの功罪をいう人がいる時代だが……。

あまりの雑踏に尻込みした。エレベーター前から入口付近まで、人、人、人で溢れ返っている。なぜ、平日のこの時間（火曜・午後三時）にこんなにも人が多いのか？

その疑問は、すぐに解けた。要するに、地方からのお上りさんと外人さんがほとんどで、曜日や時間は関係がない。受付窓口で、地上百五十メートルの展望台へ行くのに大人一人九百円がかかると知って、さらに腰がひけた。が、ここまで来て御ノボリせずに帰るわけにもいかず、僧らしく蓄《たくわ》えを捨てることにした。

タイではどんな列にも並んだことがない我らは、ここでも隔たりを感じながら雑踏にまぎれた。係員が僧姿を見つけると即座に歩み寄り、こちらへどうぞと最優先してくれることに馴れた身には、いささかの我慢が要る。

「ここは日本だからね」

アーチャーンを気づかったが、マイ・ペン・ライ、とここでもいやな顔ひとつ見せない。

やっと順番がきて、チケットを女性職員へ渡すのに、パスポートの上にそれを置き、また戻してもらう。この人たちは何者？　顔色にその疑問符がみてとれる。

エレベーターに乗り込むと、人と人の間に挟まれた。かつては満員電車でそんな目に遭ったけれど、今度はより狭い密室である。が、前後とも女性のサンドイッチになったアーチャーンは意外と平静を保っている。以前の旅では、日本に馴れていないことからくる動揺があったけれど、その体験が生きたのか。

展望台に来ると、やや強張っていた顔も満開になった。いつもは三百六十度の展望らしいが、一部が工事中で、二百七十度といったところだった。それでも下界の眺めは大東京の面目躍如で、さすがに圧倒されたけれど、アーチャーンにとってはさらにそうで、ホウ、ホウ、とここでも溜息を絶やさない。地上から見上げてもホウ、上空から眺めてもホウで、あとは言葉がない。こんなに高いところへ上ったのは、生まれて初めてだとスマホをかざし、ビデオにしてまで撮っている。

「あれが海だよ、アーチャーン」

ふとそれに気づいて、遠くにかすんだ空間を指さした。

「ホウ……」

アーチャーンの声がくぐもった。同じホウでも感激度が違っている。はじめて見る海が東京タワーからの白っぽいカンバスでは気の毒だ。あれは海（ターレー）ではないよ、と言い改めると笑ったのは、むろん意味がわかったからだ。

見あきるのも早かった。ひと通り、パノラマを眺めて過ごした後は何もすることがない。在家が興味を持つアミューズメントはもとより僧にはふさわしくないため、アーチャーンは見向きもしない。私もまた、もとより苦手の高所へのぼって妙に気疲れがしてしまった。

早く降りたいのと、雑踏を逃れたいのとで頭がいっぱいだった。

そして、塔の外へ出たとたん、ホッとしたのか、肩に掛けていたショールが地上に落ちたのに気づかなかった。そのまま坂下へと降りていく。アーチャーンと並んで信号機のある交差点で足を止めた。もと来た道を道端の立看板の地図で確かめていると、外国からの観光客とわかる二人の男女が何やらアーチャーンに話しかけている。

トゥルン、と呼ばれて、ふたりのいっていることに耳を傾けることになった。が、意味がよくわからない。女性のほうが振り返って坂の上を指差しながら、また二言三言、口にしたとき、ハタと気がついた。肩先をみると、掛かっているはずのショールがない！

礼をいうのも忘れて、足早に引き返した。アーチャーンもついてくる。どこに落としたのかはわからない。そこまでは聞かなかった。ただ、落ちたことは確かだ。そんなものを拾って持っていく人はいないだろうが、歩行の邪魔になれば片付けられてしまう。常に気づきと注意を怠るな、という旅の標語が守りきれなかった自分を私は罵った。

祈るような気分だった。というのも、それは薄いくせに暖かい、しかも柔らかい、在家の布施品としてもめったに手に入らない、金赤の上等な布《パー》であるからだ。それを肩に掛けていると、チーウォンの下に毛糸のチョッキを着込んでいなくても寒気に耐えられる。だから、失くすと困ることはアーチャーンもよく承知していた。

やがて、坂の上が見渡せる場所にきた。と、ちょうど塔を出たばかりの道路の真ン中に、フワリと落ちたらしい形で広がっている布を目にとめた。おう、と私は大きな声を放った。

「運がよかったね（チョーク・ディー・ナ）」

と、アーチャーンもうれしげだ。

以来、ふたりの旅は、「幸運」であることが何よりの条件であることが明白になった。当初の計画が頓挫したぶん、それがなければならない。もし不運が続けば、無事に旅を終えることすら危うくなるだろう。

「とにかくよかった、運がよかった」

たった布一枚のことで、アーチャーンはそれからも飽《あ》くことなく言い続けるのだった。

8

夜行バスをネットで予約してあった。

三列独立、という隣と距離があるタイプで、窓側のアーチャーンとは斜めに隣り合わせだった。

事故があって遅れるというからのんびりしていたのだが、ゆっくりしすぎて、もう少しで刻限をやり過ごすところだった。急いで向かった番線で、トイレへ行きたいという私に、職員は不快そうな顔をした。

「時間通りに出ますからね!」

と、きつい調子でいう。

車内にトイレがないと聞いて行きたくなったのだが、出発時間が来ているならともかく、あと五分もあるのに、どうしてそんな突っけんどんな言い方になるのか?

この都会では、ミンパクの男もそうだったが、誰も彼もがなぜか、どこかしら苛立《いらだ》っている……、そう感じてならなかった。これも一種のストレスがもたらすものだろうか。

名古屋まで、五時間余りの旅だ。夜行が使える最低限の距離だろう。午前零時発でも午前五時には着いてしまう。街が動き出すには早すぎる時間だが、しかたがない。もう一泊、同じ事務所でお世話になって早朝に出発することも考えたが、そうすると、名古屋で一泊しなければならなくなる。ホテルは使わないことになっているから、夜行バスで早朝に着き、寺を見学した後はその日のうちに富士山をめざして引き返すと、友人Yの家に泊まれる、という算段だった。

東京タワーであやうく失くすところだった、薄くて暖かい布を膝かけに使った。バスには暖房が入っているが、足元が少し冷える。腰巻の下には薄いズボン下をつけている。本当は違反なのだが、今回は、もう歳だから、ということで(在家には見られないように気をつける条件で)許してもらった。それでも薄布を膝にかけておくと、ちょうどいい。あの時、スペイン人夫妻(後にまた地下鉄駅の近くで会ってそうと知る)が信号機のそばで追いついてくれなければ、いま頃は寒々しい思いをしているにちがいない。

運のよし悪しは、仏教では「因果」のうちに含める。この世の現象はすべて因果関係で成り立っているから、偶然にそうなるものは一つもない、とする。布を落としたのも、落とした布がみつかったのも、原因（前者は雑踏に疲れて注意が散漫になっていたこと、後者は親切な外国人の存在と私が立て看板の地図を見ながら道草したことなど）というものがあって、その因果が連鎖して時は流れている。

チェンマイの我らが寺には、仏塔の周りに小ぶりの釣鐘が並んでいる。それを鳴らして歩くと幸運がもたらされるというので、来訪の客は皆それをやる。大きなドラ（円盤状の鐘）を布棒でドーンと叩くのも幸運を呼ぶためだというから、ドネーションで食べている寺院もまた人の率直な運の望みに応えることから離れるわけにはいかないのだ。

チョーク・ディー、は人との別れの挨拶にも使われる。英語のグッド・ラックだが、そういえば日本語でそれに相当する言葉は何か。ご無事で、とか、お元気で、といった語句のなかに含まれているのだろう。

しかし、基本的な理屈は変わらない。人とこの世は因果の法則で成り立っている、その原則を外してモノは考えられない、とする法は「無常」とも直結する釈尊の悟りの本筋をなすものだ。人の「苦」はその原因が寄り「集」まってあり、それを「滅」するためには「道」（八正道）が実践されねばならない、とする「四聖諦（苦集滅道）」などはその典型といえる。生老病死しかり、十二縁起しかり、すべては因縁生起《いんねんしょうき》（略して「縁起」）の原理に基づいている。因と縁は似たような意味合いで、一般的には因（ヘートゥ）がおおもとの原因（直接因）、縁（パッチャヤ）はその周辺の条件（間接因）をいう。その「果」とのつながり、因〈縁〉果には隙間がなく（同時に起こることもあり）、どこまでもくり返される。運がいいね、といってもその運は因果関係で成り立っているのだ。

同じ日の夕方、バス乗り場を確かめに行ったことも幸運のうちだった。

はじめは、当日の深夜に向かうことにしていた。界隈のことはおよそわかっているつもりだったからだ。というのも、丸の内といえば、その昔、一年間だけ勤め、年俸の更改時に人事部の評価が不満で辞めてしまった電機メーカーの宣伝部がそこにあったから、地図をみればすぐに見つかるはずだった。あくまでも念のため、ということで、アーチャーンを連れて界隈を歩いてみたのだ。

ところが、なかなか行き当たらない。人に尋ねてもよくわからず、ついに有楽町の駅まで来てしまい、これはどうしたことかと頭を悩ました。それからも人に尋ねながら、やっと辿り着いたのは、同じ丸の内三丁目といえど、線路を越えたところも三丁目で、本当は八重洲口から歩かねばならないところ、丸の内北口から歩いたために迷ってしまったのだと知った。東京は恐ろしい街だ。そのことが骨身に沁みて、旅する前に予感した通り、もはや異国と化したような思いをしたのだった。もし当日に歩いていれば、真夜中でもあるから確実に道に迷い、バスに乗り遅れていた。運がよかった、とこのときもアーチャーンにいうと、同じ言葉が返された。

だが、よくよく考えてみると、帰国当日から日本オンチになっている自分を感じていて、何かしらの予感があったからだとわかってくる。安心できる要素は何もないことを、当初の計画の頓挫から感じていたこともある。それに成田空港第二ターミナル駅でのミス（番線の勘違い）やミンパクの男と地下鉄ショック（ホームまでの長い歩き）が重なって、もはや片ときも油断がならない、と心がトラウマ化していたのだ。

中央の独立シートで隣がいないことがありがたかった。おかげでよく眠れて、目が覚めたのはもう直ぐ名古屋というアナウンスが聞こえたときだった。

＊

バスを降りると、寒さが襲ってきた。夜明け前の街は底冷えがするほどで、まさに足元から冷気が這い上がってくる。

アーチャーンを気づかうと、寒くない、大丈夫だよ、と返された。寒くないわけがない、と苦笑した直後、二十四時間営業のファーストフード店がみえた。タイにも大進出している米国生まれのチェーン店だが、とりあえず寒さを逃れるために開いた自動ドアから身を入れようとした。と、マイ・トン、マイ・トン（要らない、要らない）、とアーチャーンがあわてて引き留めようとする。よけいな金を使うことはない、という意味だが、私は聞かなかった。この暗い寒空の下、行く当てもない。

店内は暖房がきいていた。やむなく従ったアーチャーンの顔が苦笑ぎみだが、まんざらでもなさそうだ。

その理由は、やがてわかった。寒さを逃れたせいではなく、その手の店には入ったことがなかったからだ。生まれてはじめてだと、私が朝食として買ってきたコーヒーとパイに手をつけながら、少しうれしそうにいう。

「これも経験だね、トゥルン」

と、コーヒーにミルクと砂糖をあるだけ入れながらいう。

そして、周りにいる人たちの顔々をめずらしそうに眺めた。こんなに朝早くから、なぜこれほど多くの人がいるのかわからない、といいたげだった。真夜中、東京の長距離バス乗り場の人混みには、私まで吃驚《びっくり》したのだったが、国土が日本のおよそ倍、人口が約半分という国からは考えられない密度であることは確かだ。

「皆、静かだね、トゥルン。どうしてこんなに静かなの？」

声をひそめて、アーチャーンが尋ねた。

「音を出すと、人に迷惑だから」

ドゥワット・ローン（迷惑）というタイ語がすんなりと口を突いて出た。

確かに静かだ。息をひそめているようにも感じられる。日本人はもともと内向的な、独りでモノを考え、産み出すのを得意とする人種なのかもしれない、などと思わせる。

それともう一つ、人の迷惑になる、ということについて、私には素直に納得できない思いがあった。その気づかいもまた、ストレスの一因をなしているのだろうが、その本質は意外と深く、やっかいなものであるような気がする。

9

そろそろ動きだすはずの地下鉄（東山線）の駅へと向かった。

下車駅、覚王山に着くと、あらかじめ調べてある道順に沿って歩いた。五時の開門からだいぶ経っていたが、さすがに人影は見当たらない。ひろびろとした日泰寺境内を奥へすすむと、ラーマ五世像が目に入った。

チュラローンコーン大王で、やはり優秀だった父王（四世＝モンクット王）のあと、タイをアジアの植民地化に忙しい西欧列強の攻勢から守りぬくと同時に、国の近代化に献身した賢王として知られる。その国王、ラーマ五世が交流のあった日本人に仏舎利（ブッダの遺骨）を分け与えたのを記念して建てられた寺だそうだ。が、特定の宗派には属さない、独立の寺であるのが他の寺とは違っている。大乗仏教の側に与《くみ》してしまうわけにも、また上座部（テーラワーダ仏教）の寺とするわけにもいかないとなれば、そうするほかはなかったということか。

しかし、仏教の歴史はそういうわけにはいかなかった。開祖としての釈尊が涅槃（＝入滅〈パリ・ニッバーナ〉）に入っておよそ百年が経つ頃、早くも後継者たちが定めた方針に従わないグループが分派をつくり、従来通りの戒律を保持する側と袂《たもと》を分かつ、いわゆる「根本分裂」なるものが起こる。第二回の「結集《けつじゅう》（仏典の編纂会議）」における話だが、人間の世界というのはとかくそういうものだといえる。一つの家族、血族ですら、二世、三世が先代の方針に逆らうことがあるのは、つい先日、今回の（西伊豆への）旅の計画を覆《くつがえ》した出来事にも示されている。

むしろ、目の上のタンコブがとれ、やっとわが世の春が来たとよろこんで、先代の時代を変えていくといったことは、人間の性《さが》としてあり得ることだ。それをかたくなに旧来のしきたりを、膨大な戒律を守り通すなどというのは、そう簡単にできることではない。少数のグループに限られるのは当然の理《ことわり》であって、やがてインドを追われることになった（ランカー島〈現・スリランカ〉へと渡って活路を開く）のだが、その後の大乗仏教もまた本拠の主導権をヒンズー教に明け渡さねばならず、事実上、インドでは滅んでしまう。が、当初は小乗仏教《ヒーナヤーナ》と蔑まれたテーラワーダ（上座部）がアジア世界のごく一部ながらしっかりと根を下ろし、民衆を跪《ひざまず》かせている事実が私には歴史の（人世の）無常そのものをみる心地がしてならない。

本堂の階段を上り切ったところに、日本式の賽銭箱があった。

かつて、テーラワーダ僧は金銭を所持していなかった。けれども、貨幣経済の発達にともない、現実を優先させなければ不便この上なく、僧の日常生活に支障をきたすことから、金銭の所持についての戒が変質していったのだ。昔は、僧の外出時には必ず付き添って金銭を扱ってくれた寺男（デック・ワット）も、いまはほとんどいない。そんなのんびりした時代ではなくなっていることからくる戒律の移り変わり……、これも常は無しなのだ。

が、アーチャーンは財布らしいものを持っていない。腰に巻きつけたポーチのような布袋にお札が何枚か入っているだけだ。たまにモノを買ってもお釣りの硬貨はすべて私によこすので、そのなかから、五円玉を手渡すと、かつて奈良でもそうしたように、賽銭箱へ投げ入れて掌を合わせた。わが寺でも、それは仏塔の周りや本堂に布施箱（トゥ・ラップ・ポリチャック）という名で置かれている。ふつう人々は二十バート紙幣（約七十円相当）を入れるから、五円とはまたケチったものだ。ただ、貧しいタイ僧がお参りした印、ご縁のつもりだった。

ところで、ブッダの遺骨はどこにあるのか？

次なる探索はそれだった。あらかじめ調べてはいたが、そこへ辿り着くまでがまたひと苦労だった。案内に従って坂道を降りたところで左右に迷い、中学生くらいの男の子に尋ねたがわからず、当てずっぽうに歩いたところで老女を捕まえると、いま来た道を引き返せといわれた。これを右往左往というのだろう、やっとその場所に来てポケットにしまってある時計をみると、本堂を出て五十分も経っていた。五分で行けるところをそれだけの時を費やしてしまったのだ。これが歳というものか、いや、これも隔たりというものだろう、異国で道に迷うのは当たり前のことだと納得するほかはない。

しかも、その場所に来てから、仏塔のあるところへ辿り着くと、門には柵がしてあった。時間が早いせいかと思ったが、写真つきの立て看板を読むと、その場所からしか眺めることができないらしい。門の隙間から内部を覗くと、奥の庭にそれらしき塔の一部だけが見えて、全体像は案内板の写真でしかわからない。

いささかがっかりした。が、アーチャーンは身をかがめて透かしみて、とくに不満でもなさそうだ。柵ごしにスマホで写真をとると、門前にひざまずいた。私も見習って膝を折り、三拝する。文句などいっていられなかった。

だが、せっかくの仏舎利をそうやって遠くからしか拝めないということもまた、さびしい気がしないでもない。遠路はるばるやって来たアーチャーンのような仏弟子には気の毒な気もして、

「これが日本という国だよ」

そういうと、アーチャーンはほのかに笑ってみせて、いつもの「マイ・ペン・ライ」であった。が、内心はどうだったか。三拝はしたものの、そこを訪ねられることに出発時は非常な喜びを表したにしては、さほど感激したようすがない。我らが寺と比べると、ここでも違いは歴然としていた。

大ブッダ像のある本堂へは、いかなる観光客もチェックなしの出入り自由、気ままに入って長い時間を瞑想などして過ごしている人もいる。写真をとってもむろんかまわないし、ドネーション・ボックス（布施箱）はあるが拝観料もとらない。入口で靴を脱ぐことと、女性は大幅な肌の露出は「禁」として服装の注意書きが写真付きで立て看板にあるだけ。なかにはミニ・スカートや半パン姿の外人客もいて、だからといって見張っている人はいないから、これもフリー同然といってよい。ほんのマレに何かを盗まれることがあるけれど、それがためにその他大勢のための解放性を犠牲にすることはない。このあたりの

原則は当然のごとく守られていて、気分がよい。泥棒の不善などに負けるものか、といった気概のようなものを感じるせいだろうか。

何かしら割り切れないまま、今度は道に迷わずに引き返した。

地下鉄駅へ向かう途中にあったカフェーへ入ったのは、ひと休みしたくなったからにほかならない。小奇麗な店で、おいしそうなパン・ケーキの類がショーケースに並んでいる。アーチャーンにはこれもはじめての経験らしく、私が選んでテーブルに運んできたものをいかにも喜んで、うれしげに店内を眺めた。先ほど透かし見た塔よりもはるかに感激したようすで、味はどう？ と尋ねると、オーケー、問題ナシ、と応えた。オイシイとはいわない習性が私にも乗り移っていて、「少しは栄養もあるよ」と、クリームを掬《すく》って笑った。

美味しさは健康の敵、こんな旨《うま》いものは危ない、という気がした。舌が感受した美味に対して、人はふつうひとたまりもない。もっとほしいと欲が働き、ふたつ目に手をつける。それを阻止することができるのは、ただ一つ、強敵の「欲」を警戒して抑制するしかない。飲食欲は自滅への道、足るを知ることの大事を自覚して、あるいは何度も説き伏せられてはじめて何とかなる、そういうものだと最近やっとわかってきた。

「もう一つ、どう？」

ペロリと平らげたアーチャーンに問うと、

「二つ目を食べることで幸せになれるわけじゃないよ、トゥルン」

やんわりと、そう返した。むしろ逆に、不幸をもたらすといっているようだ。たかがケーキひとつの話だが、習慣病の予備軍である私は、未だ足るを知らないな、と苦笑してうなずくほかなかった。

私のことをアーチャーンは、お金持ち（セッティー）だということがある。その点は誤解されているらしく、何といっても日本人だから、下っ端《ぱ》の僧といえどもお金があると思っているフシがなきにしもあらずなのだ。もっとも、それは銀行に預金口座を持っているという意味でしかない（むろんアーチャーンは持っていない）、贅沢な旅などできない僧であることをわかった上でのセリフであるわけだけれど。

「さあ、次は新幹線だよ」

私は、口調に勢いをつけていった。シンカンセンはいまやジュウドウやカラオケなみの国際語だ。それに乗ることもまた、当初の計画にはなかったことで、きれいな海に代わるものの一つだった。

10

名古屋駅で、駅弁とお茶を買った。

名古屋

レジ係が、二人分の代金のお釣りを手渡そうとするので首を振り、そこの（銀色の）皿に置いてくれるようにいう。不機嫌な色に染まった店員の顔を尻目に振り返ると、傍でアーチャーンが微笑《わら》っていた。

無難なところで選んだ「幕の内」弁当を、ホームのベンチでひろげる。電車の出発時まで三十分余り、昼食にかけるいつもの時間より短い。が、やむを得ない。電車を待っていたのでは食べ始めるのが十二時を過ぎてしまう恐れがあるからだ。

いったん中断して、電車のなかでまた食べるというのはどうか、と私が問うと、それはできない、とアーチャーンは答えた。一度テーブルにつけば連続的な食事タイムでなければならない。一度途絶えさせて再び始めるというのは、二度目の食ということになるので、それが十二時を過ぎているとダメだという。これまたややこしい、私にはよく理解できない話だが、師の言には従うしかない。

十一時四十六分発、豊橋行き、快速。それがまず手始めの乗車だった。五十三分かけて豊橋まで行き、そこで乗り換え、十二時四十二分発の電車で浜松経由、静岡まで行く。静岡到着は、十四時四十分。そこで待望の新幹線（十四時五十二分発）こだま656号に乗り換えて、新富士まで。たった十二分間の乗車である。

だが、全行程、締めて四千五百三十円。名古屋から新幹線に乗るより、一人三千円ほども安くつく、ネットで調べた最安値の乗車法だった。まるで列車の乗り継ぎと料金の謎解きみたいな話だ。

アーチャーンにそれを告げると、非常に喜んで、

「とにかく、乗ったという体験があればいいよ」

それで十分、というのだった。

つい昨年、バンコク―チェンマイ間にそれを通す計画が日本の援助ですすめられることになったというニュースが流れた。が、そのむずかしさにまた頓挫する気配もあり、開通がいつになるのやら……、となると、アーチャーンにとっては自分が生きている間かどうかもわからない。

何の問題もなく、弁当を平らげたアーチャーンは、ペットボトルの日本茶を飲んだ。本当はストローで飲むのが正しいマナーだが、タイでは必ずつけてくれるそれがわが国にはないのでしかたがない。

「ここは日本だからね、マイ・ペン・ライ」

そういって、ゆっくりとボトルを傾けた。さっきの寺でも同じ言葉を口にしたが、その辺は割り切っているようで、守れるかぎりのマナーを守ればよい、ということにしたようだ。戒や儀礼にがんじがらめになって一切の融通がきかなくなることもまた、仏法は煩悩――「見」の一種（スィーラッパタパラマーサ）として戒めている。

早朝のファーストフード店が静か過ぎる、どうしてかと尋ねたアーチャーンのセリフを思い出した。それが正しいマナーであることについて、ある程度の迷惑はかけ合う、許し合うことが社会の常識としてある彼《か》の国からすると、奇異なことに映ったのは無理もない。電車のなかでも携帯電話は掛け放題の国との違いが、これも隔たりとして感じざるを得ないのだった。

人に迷惑をかけないのはよい心がけだが、それが行き過ぎた掟となると、息苦しく、ストレスともなる。人の生き方の重要事項として真っ先にそれを挙げる識者に、私は冷やかな目を向けてきた。常識さえも疑ってみよ、というのはブッダの教えだが、その通りだと思うことに、帰国するとしばしば遭遇する。

実際、人に迷惑をかけずに生きるのはむずかしいことだ。どだい無理な話ではないか、とさえ思える。そもそも他人が存在すること自体、支え合うこともあればハタ迷惑にもなり得るという事実を、その常識はどう処理してくれるのか？

むろん、その種類や程度にもよるが、いずれにしても問題はそう単純ではない。タイのように、迷惑はかけ合う、そして、それを許し合う社会のほうがよほど健全であるように私には思える。それは、助け合う（チュエイ・カン）という、しばしば耳にするセリフと対をなすものとしてある。互いの迷惑を許し合い、助け合う、それで何の不足があるだろう。

男女の出会いなどは、そうした問題の典型のようなところがある。あの日あの時、アナタがそこにいたおかげでワタシの運命が狂ってしまった……、などと因果をいって悔い恨むこともある。出会うべきでなかったのに、おかげで人生を間違えた、と。へたをすると、相手の存在自体を否定するという、極端かつ自棄的な結論にさえ至ってしまう。私自身の来し方にもその種の危険がつきまとっていたことを思うにつけ、その常識は疑うに足るものというほかはない。二言目には、ほかの人の迷惑となりますので……、という禁止の文言が発せられる度に、戦後の日本がいかに寛容性を失い、不自由で窮屈な社会になっているかを感じてしまうのだが……。

*

そんなことを考えているうち、電車がホームに入って来た。

こういう電車もいい、と私はいった。速すぎない、遅すぎない、ほどよい速度で走る、窓の景色もよくみえる、と。そうだね、新幹線は知らないけど、とアーチャーンはその時をたのしみにしているようだ。

その国の電車の発達具合で発展度を計るとすれば、日本は断トツで最高位にあるはずだ。

東京の地下鉄などは、人間わざとは思えない深さまで掘って、ホームとホームを延々と地下道でつないだ。そのテクノたるや、やはり誇ってよいものだと思うが、これまた行き過ぎのキライがなくもない。

ひと頃は、寸分違わずに発着するのを外国人客は面白がっていたけれど、バスの発着までそうだとは私も昨日まで知らなかった。バスはいい加減なところがあるのだろうと思っていたのが間違いで、深夜バスの職員に、時刻通りに出ますからね、と叱られてしまったのだ。

電車の場合はもっと容赦がない。豊橋で乗り換えるときの三分の猶予も、浜松での十二分間の停車も、まったく違えることがなかった。

静岡駅で、待望の列車がホームへ滑るように入ってきた。その瞬間から、アーチャーンは無言になった。のんびりと話などしているヒマはない。車窓の景色が飛ぶようにみえる瞬間はたったの数分、その間をスマホのムービーに収めるのに夢中だった。帰タイして人に見せるため、生きている間、もうないかもしれない体験を記録に収めるために、だ。

新富士駅に降り立って、感想を聞いた。

「これも日本の体験だね、トゥルン」

そういって笑みを浮かべる。非常に心を動かされたわけでも、失望したわけでもない、問題ナシ、という顔だった。

もとより、テーラワーダ僧は心を平静に保つ、というのが信条である。悟りへの道「十波羅蜜」の一つ、戒に近い教えでもある。〝ウペッカー〟とパーリ語でいうが、タイ語になるとウベッカーと濁音に変わる。上下の過度、左右の極端（過激な思考も含めて）を戒める、ゆえに、いくら愉しいことがあっても大声で騒いだり、また、どれほど悲しいことがあっても泣き叫んだりはしない。一喜一憂を「非」とする教えは、アーチャーンの身体に沁みついているのだ。

この頃、私にも、それはいいことだと（人が幸せに生きる条件の一つともされることが）解《わか》ってきた。何かと大騒ぎをしていた昔がよかったとはまったく思わない。それどころか、その時その場の感情に揺さぶられ、心を浮沈させ流されていた自分がなさけなく、みっともなかったようにも思えてくる。

人は、変われば変わるものだ。

11

新富士駅から、バスに乗った。

在来線の富士駅をつなぐ連絡用で、そこからは身延《みのぶ》線の鈍行電車が待っていた。ここまではすべて順調だったが、Yに打ったメールが「届かない」と告げるハプニングに見舞われた。

画面には、送信しています、と出るが、一向に送信済みにならない。携帯電話がないので、正確な到着時刻はメールで、といっておいたのだが、それが出来ないとなると困ったことになる。最寄りの富士宮駅まで車で迎えに出てくれるはずのところ、連絡がつかないとなると……、思案するうちに着いてしまった。

昔とすっかり様相が変わった駅の改札を出て、公衆電話を探して歩いた。構内にはないので外へ出、高架の歩道を歩いていると、すぐ前方の階段のところへ、ひとりの女性が現れた。

どこかで見たことがある、と思った。が、数瞬の後、それが娘（長女）だとわかったとき、こんなことがあるのかと思った。相手も黄衣姿が父親と気づいて目を見張った。友人の携帯へ、その携帯から掛けてもらった。とっくに駅に来て待っているという。なんと先のメールがしっかりと届いていて、私が指定した場所に車を停めているというから驚いた。これだから機械というものはやっかいだ。

いま仕事から帰るところだという娘に、

「ありがとう、助かったよ」

二言三言、元気でやっていることを確かめたあと、お母さんによろしく、と告げてその場を去った。アーチャーンには、

「娘」

ルーク・サオ、と一言だけいった。

ふぅん……、という顔をする。が、それきりで詮索《せんさく》はしない。

トゥルンの娘がなぜこんなところにいるのか？

それを聞かれると、説明に三日ほどがかかる。それは無理というもの、だから、はじめから聞かない。どうせわからない、とアーチャーンにはわかっているのだ。宇宙の果てがわからないのと同じ、どうせわからないものは放っておけ、と釈尊は説いた。

ただ、運がよかったことだけは、アーチャーンにもわかったようだ。これで何度目か、

幸運（チョーク・ディー）が続いてくれる。もし娘に会わなければ、友人は待ちぼうけを食わされていたはずだ。

そのことを車が走り始めてから話すと、Yは笑った。

大学時代に出会った後輩の女性がYと同じ街の出身で、しかも同じ高校（富士）の卒業生でもあったことが、結婚してだいぶ経ってからわかった。その不思議な縁をYはたのしんだ。同じキャンパスにそういう人間がいたというのは、私にとっても何かと都合のよいことだったが……。

Yの家は、建てて間もない豪邸だった。息子夫婦と二世帯が住めるようになっている。が、私がそれを豪華だというのは、建物自体もそうだが、真正面に富士山が聳え立っているためだ。そんな豪勢な場所は、そういくらもあるわけではない。

「山が見えないね」

「明日は見えそうだよ。天気予報からすると」

朝の富士もいいから、むしろいまは姿を隠しているほうがいい。アーチャーンに、その方角だけ示して、がっかりさせておく。天気しだいでは、見えないこともある、と。

二、三日前に冠雪した、とYは話した。やはり、もうそんな季節なのだ。

その昔、富士山があるから、妻は故郷を離れないのだと思ったことがある。動かざること、山のごとし……。貧相な山並みしかない、東京から遠く離れた私の実家へは行くつもりがない、都落ちしたくないのだ、と。いくら結婚して夫の姓を名乗ろうと、本当は孫たちを待っている私の父母がいようとも、そちらへ移り住むつもりなどなかった。そのことがいまは一層よくわかる。

富士の見えるところに美人は生まれない、と風説でいわれるけれど、然《しか》り、すべてが負けてしまうのだ。その立派さに勝てるものは何もない。

別れはいろんな意味で自然の成り行きだった。こんな日本一の山がある街の出身者と結婚したことが、そもそも問題をもたらす根底にあったようにも思えてくる。眼前に富士が聳える絶好の場所に新築の家を建てて妻子を囲い込んだ義父母と、母屋の隣、貧相な山の麓に、孫らを迎え入れるために別館を建てた私の両親との無言の闘いは、勝負にならなかった。

そのことがわかっていた私の父母は、小言の一つも口にしたことがない。あくまでも子供の自由、目的を優先させる徹底した方針は、私がモノ書きという一筋縄ではいかない稼業（母もまた戦後は夢を放棄せざるを得なかった）をめざしていることに起因するものだったと、いまはわかる。便りがないのはよい便り、というのも母の口ぐせだったが、どこでどのように暮らそうと元気でさえあればいい、そのように祈っている、と会う度にいっていた。あれこれの因と縁、その成り行きと結果……。

「社長のことだけど、何か聞いているかね」

と、私はYに聞いた。

「そういえば、お前さんの要望を断わってしまったといっていたよ」

「残念ながらね。きれいな海を見ながら社長の寺で過ごそうと思ったんだけど」

「息子がどうしても断ってくれといってきかなかったらしいよ。すっかりしょげ返って、元気がなくなった。もう歩くのもヨボヨボで、困ったもんだ」

数日前に、西伊豆を訪ねたばかりで、そのときの話であるらしい。

かつて、私が社長をYに紹介したのは、同じ静岡県下で仲よくしてほしかったからだが、同世代のよしみもあって密につき合う仲となっていた。車でひとっ走りすれば着ける海辺の町（土肥《とい》）へは、しばしば趣味の磯釣りを兼ね、あるいは温泉好きの人を連れて出かけていたから、社長もYとの出会いを大いに喜び愉しんでいた。大手術の後は酒もタバコも断って養生に努めているが、旅館の経営に関しては、もはや一切の力はない、とYは話した。

「団塊世代は、子供に棄てられたり裏切られたりする親が多いね」

率直な思いを、私は口にした。逆に、親を捨てるダンカイもいるけれど……。

「そっちは大丈夫か？」

「いまのところは何とか……。俗世を捨てた親を棄てても意味がない」

「それはそうだ」

Yが声を上げて笑った。

「ただ、子供では苦労してきた」

と、私は言葉を重ねた。

「子育てに問題を抱えた親が多いのも世代的な特徴だと思うけれど、そういう親からして精神面でロクな躾《しつけ》を受けてこなかったんだから、これもしかたがないね、因果応報か?」

「まあ、そうだろう」

やがて、邸に着いた。Yが教育関係のビジネスで成功した証しとしての、ポーチつき玄関が煉瓦の階段をなす見事な造りだ。

Yの奥方がきげんよく迎えてくれる。我々は夕食をとらないと聞いて歓迎のすべに困ったが、すすめに応じてまずはお茶をいただいた。

アーチャーンも好物の日本茶で、かつて私が土産として持参したのが始まりだった。年に一度はひどい風邪をひいていたのが、それを飲むようになってからはその気《け》がなくなったというので、ほとんど信仰に近い惚れようだった。日本でいちばんの本場はシズオカ・チャーだといっておいたから、それには顔をほころばせて、買って帰るのを忘れないように、という。在家信者に一万円を渡されてそれを頼まれたからだが、そんなものはどこでもいつでも買える、日本中にある、といって安心させた。そういうことも、アーチャーンにとっては異国の事情なのだ。

親を大切にする教えがタイにはある。が、いまの日本にはない、という話になった。戦前は、それが「孝」として公教育にあり、社会の常識としてもあったことだ。それが戦後はGHQの占領政策によってゴミにされてしまったところへ、我々は生まれた。親を心から大事にする精神が子供の頃から培われてきたかと問えば、孝不足だったという答えしか返ってこない。いま頃になって悔いても遅いわけだが、その不善の報いはみずからの子供から受けているという皮肉はいかんともしがたいものがある。

「孝」の教えの足りなさは世代を継いで、シッペ返しというツケを回してきたのは、西伊豆の社長も同じではなかったか？

その責任を誰かに一手に負わせるわけにはいかない。いくばくかの責任は誰にもあるといえる。愚かな戦争を起こしたわが国の先達の、その「業」の結果を引き受けざるを得なかったのが、戦死者ほか直接の被害者はむろん、その後遺症を引きずる人たちと「戦後」の焼け野原に生まれ落ち、ロクに調教もされずに育った我々の世代だ。そして、その哀れさのコピーとしての、いわば相似形としての子供《ジュニア》しか持てず、苦労を余儀なくされる者が少なからずであったのは当然の理《ことわり》だった。

在家として暮らした異国の日々で、もっとも居心地をよくしてくれたのが、人々の目上への、老いた者への敬いと労《いた》わりだった。電車やバスに乗れば、まるでバネ仕掛けのように若い人たちがこぞって席を立つ。階段で重い荷物を携えていれば、必ず誰かがそれを持って上がってくれる。そういうものがなければ、四苦八苦しながら十年も暮らしてはいなかった。生きることとさえ、やめていたかもしれない。人は、世をはかなみ、失望しきった日には生きていられなくなる。

「もし、子供たちに見棄てられる日が来たなら……」

と、私はいった。やはりヨボヨボになって、明日の命もわからなくなるだろう、と。

自分を育ててくれた親は何にもまして有難く、絶対の存在である、とタイでは教える。その命令には（とくに母親には）従わねばならない。社会の通念としてあるそれは、僧の托鉢における「祝福の経」としても唱えられる。

すなわち、両親はむろん目上の人に敬意を表す者には、長寿、美、幸福、力という四つの法の恩恵が与えられる、と説く。アーユ（長寿）は仏教が価値を置くもの、ワンナ（美）はあたかも月光のような美しさ、スッカ（幸福）はむろん仏法の最終目標としてある知恵の産物であり、パラ（力）はいうまでもなく身心のそれだ。その経を親に連れられた子供たちも掌を合わせて聴き、少年僧《サーマネーン》らも同じ経を唱え、布施をした大人はひざまずいて聴く。

まさに、老いもまた苦である（チャラーピ・ドゥッカー、とアーチャーンも日頃の経を私に向けて口にするが）、との認識が成長するにつれて備わってくることで、目上に、とりわけ老人にはやさしくなれるのだ。戦後、そのような教育環境がなかった我らが世代は、以降の世代も含めて（すべてとはいえないが）、昔日の影もないほどに、その精神性を希薄にしてしまったというほかはない。

「社長のことは、残念だけど、しかたがないね」

お茶を一口すすって、私はいった。

「ああ、しかたないね」

別れ際、これがもう最後になるかもしれない、とまでYは思ったという。相手もおそらく、そう思ったにちがいない。というのも、今度はいつ会えるかわからないね、と淋しげであったからだというが、それは私にとっても同じことで、再会の目処《めど》は当分立ちそうになかった。

その町のため、発展のために尽力してきた人だ。みずからの旅館よりも町のためを思い、長く旅館組合長としてさまざまやってきた功績をみれば、父権を失う筋合いはどこにもないはずだが……。

＊

そういえば、私が最後の新聞小説を書くきっかけをつくったのもYだった。やはり同じ高校の先輩であった人が地元の静岡新聞社にいて、その（折よく文化部長であった）S氏に話を通してくれたのだ。

連載が本決まりとなって間もなく、舞台だけは静岡県にする、という条件であったから、私が伊豆を選んで担当者とともに舞台探しの旅をした。そのとき、西伊豆から始めてその町を通りかかったのが運のツキで、宿泊地として選んだ旅館の主人が件《くだん》の社長であり、私たちの目的を知って大歓迎の宴を張った。よくぞ我々の町を選んでくださったと、まだ決めてもいないのに酒宴でもてなされ、後には引けなくなってしまったのだ。まだ旅は始まったばかりで、これから南伊豆を回って東海岸へと旅を続けるつもりだった。それが、その地でストップしてしまったのだが、駿河湾の良港をもつ風光明媚《ふうこうめいび》な温泉町に、私もいっぺんに魅せられた。ここなら舞台にできそうだという思いから、気さくで親しみやすい社長の歓待を受けることにしたのだった。

それからというもの、私の希望や条件はすべて引き受けて、執筆への協力を惜しまなかった。とりわけ旅館組合長としての権限でもって温泉旅館の女将たちとの交流を月に一度はセットしてくれたのをはじめ、宿泊はどこに何日泊まっても一切フリーにしてくれるなど、至れり尽くせりのもてなしを受けた。

その頃は、まだ町が伊豆市として合併する前であったから、町役場の観光課と観光協会も乗り出して、取材のためのさまざまな便宜を図ってくれることになる。そして、一年間の連載が終わった後、私が最も夕陽の美しい場所として描いた岬を整備して、新しい景勝地とする計画が持ち上がり、その命名を私に託した。新聞小説では「人びとの岬」とタイトルしていたのを「旅人岬」と名付けたことから、一冊の本にする際は、その題名に変えて出版したのだった。というのも、そこに作品の文学碑まで建てるということに決まったためで、思いがけない光栄に浴したのだったが。

それが私の、作家としての最後の華であったことは、その後の文運が下降線を辿り、どこからも注文が来ないという状況からしていえることだった。新聞連載を本にする際も、はじめに予定した版元に断わられたことで頓挫して、某社にやっと拾ってもらえたような次第であり、まさに暗雲が行く手を覆い始めていた。

それより八年ほど前に名だたる賞を受けた後、ゆく道の選択に問題があったこともあるけれど、同時に、確かにモノ書きとしての壁、限界のようなものを、いくつかの新聞連載の作品が手一杯であったことからも感じていた。

人の栄枯盛衰といってしまえばそれまでだが、まるでバブルの崩壊に続く日本経済の衰退と歩調を同じくして、私の稼業も不況に陥っていったのだ。そこで、ふつうなら立て直しを図るため、初心に返って精進《しょうじん》すべきところ、壁を目の前にしてあらぬ横道に逸れてしまうという、その場しのぎの安直な選択をやらかして、さらに窮地に陥っていくことになる。

つまるところ、映画なるものに手を出したわけだが、それを芸術とし、畑にする人しかやってはいけないものだった。ゆえ、友人の作家が映画化された自作の全部をそうしたように、すべてを監督に任せて門外漢ははじめから手を引くべきだったのだ。みずからの考え違い、邪《よこしま》な見ともいえる偏った考えに固執し、省みなかったことが大きな因としてある、まさに三分の取り柄しかない失敗だった。

もっとも、その取り柄のおかげで命をつなぐことができたことも確かで、せめてもの幸いとすべきものだったろう。舞台となったホテルの女将の並外れた厚意や、知己の女優、歌手、ギターリストらの友情的な協力、さらにはその苦労話を一冊の書にするなど、さして経済的な足しにはならないものであったが、それがなければ心の破産までも招いていたにちがいない。

ともあれ、幾人かの出資者には多大な迷惑をかけてしまったわけだが、終盤には資金不足からスタッフのストライキに遭い、父親の財をごっそり持っていった行為などは、わが息子のわずかな使い込みを咎める資格もない非行に相当する。それもこれも、みずからの「欲」や「無知」という煩悩がもたらした結果であったと、のちに出家して仏法を学ぶなかで認識したのだったが。

社長との思い出も、それに類するものだ。

虫の息の経営を立て直すためにやった銀行との闘いも聞いたことがある。一時、朝ドラと呼ばれる有名なTVドラマが舞台にしたおかげで繁栄した折り、いくらでも貸すから借りてくれと頭を下げ、旅館の増築をすすめた銀行は、ドラマが終わって客足が引きはじめ、危機に直面するところが続出した際、一切の因果を棚に上げた。その事実は、廃業に追い込まれた旅館や民宿はむろん、未だ莫大な借金「苦」にあえいでいる旅館の多さが物語る。この先何か、観光業に痛手をもたらすような事があれば、さらに倒産、廃業が続出するにちがいない。

旅館組合長として、自分が中心になってドラマを引っ張ってきたことから、結果的に惨《さん》憺《たん》たる事態を招いたことに責任の一端を感じてもいるようだった。が、関係者はみな、いずれ劣らぬ欲にかられた人間であり、そのことがもたらす成り行きと結果はこういうものだという、一つの典型をみるようでもあった。誰がどれだけ悪いというのでもない、誰に全面的に責任を負わせるという話でもない。ただ、己の「業」の結果だけはそれぞれがいくら好まざるとも引き受けるほかはない、戦後社会の人世《ひとのよ》の容赦のない現実を改めて思う。

12

雑談のうちに日が暮れた。

やがて勤めから帰ってきたYの息子夫婦とその幼女も加わり、写真撮影などして賑やかに過ごした後、早じまいすることになった。寺では八時過ぎに寝ることがしばしばで、そんな日は朝も早い。私などはおよそ三時頃には目がさめて、あとは静かな時間を托鉢に出るまで過ごすことになるのだが、それはアーチャーンとて同じことだ。就寝がいくら早くてもかまわない、というのが夕食は昼にすませている私たちの取り柄ともいうべき習性なのだった。

二階のよいゲスト・ルームをアーチャーンに与え、私は階下の応接間に寝袋を広げた。寒いからとYの妻が毛布と敷き布団を一枚ずつ用意してくれたので、万全の準備が整った。

空腹には、すっかり馴れていた。アーチャーンが二階へと上がっていった後、Yがすすめる夕食の相伴《しょうばん》にあずかる必要もない。すすめられてもそれには首を振った、が、酒なるものが着いて間もなくの頃から私の目に映っていた。Yのところには、いわゆる酒（アルコール）の類が何でも揃っている。なかでもお酒、つまりニホンシュが明らかに上等な地酒とわかるラベルをみせて居間の隅に居座っていた。

「これはどこの酒かね？」

そう尋ねると、それには答えずに、

「ああ、それは旨《うま》い酒だから飲んでいいよ」

即座に返してきた。むろんYは私が戒として飲めないことを知っている。が、そんなことはすっかり忘れて、遠い昔に帰ったような口調でそういわれたとき、私の心はグラリと揺れた。

ためらいは、一分と持たなかった。用意された酒グラスに、まだ半分以上が残る一升瓶の首を手に、トクトクと注いだ。その間、引き返すならいまだという気持ちは、ほんのわずかしかなかった。

それじゃ、いただきます、と告げて口まで運ぶと、いい香りが鼻腔をついて胃袋まで届いた。次に唇に触れ、舌に乗った瞬間、思わず目を閉じて陶然となった。

「ほんとに久しぶりだよ」

ほころんだ顔でいうと、そうか、とYが笑った。降りてきた液体を胃袋がよろこんでいる感覚があった。それが昔にはなかった。感動のない、ただ惰性的に酔うだけの酒を飲んでいた。もったいないことをしたものだと思う。

最後に呑んだのは、正確には一年半ほど前になる。アーチャーンと奈良、京都を巡った際にはノン・アルコールのビアに陶然となったものだが、その後、ひとりになって方々へ向かった日々のなかに、長年の知己である住職で歌人のF氏を訪ねた日があった。その台東区は下谷の寺（法華宗）に眠る、かつての知友のためにと持参した上等な四合瓶をそれぞれの石碑のアタマから少しずつ振りかけたあと、残りの相伴にあずかった。私がその伝記まで書いた、元プロボクサーで日本チャンプだったコメディアン、行きつけだった新宿ゴールデン街の元女優の名物女将《ママ》（この方たちはお地蔵さん）、ガンで逝ってしまった元編集長の作家（私のデビュー時の恩人でもある）や、突然の病で急逝した同輩の作家がねむる寺だった。彼らを弔う酒だからいいでしょう、と戒破りの言い訳をして飲んだときの旨さといったらなかった。日本酒というものがこんなに美味なものだとは、その日まで知らなかったのは不覚の至りというほかなく、消すことのできない刻印が押されてしまった。以来、いつかまた、あの旨さに会いたいと願う気持ちが心のどこかに棲《す》みついており、このほどYのところで再会できたというわけだ。

そういえば、まだ古希（七十歳）の祝いはやっていない。アーチャーンに、今日はトゥルンの誕生日だね、といわれてから二十四時間くらいしか経っていない。一日過ごしただけだから、これを祝杯とする。何はともあれ、よくぞここまで生き永らえてきた……。そう自分に呟いて、また一口、ゆるゆるとグラスを傾けた。

「戒違反ではあるんだけどね、サンガを追放されるほどの罪ではない。だから、後でよく反省をして、いっそうの修行に励むことを誓えばいい」

笑わせるつもりでいうと、やはりYは笑った。

禁酒の戒は、在家向けの「五戒」の最後に来る。守れないことで罰を受けるわけではない。僧の場合は、二二七戒律《パーティモッカ》のうちの「サンカーディセーサ法」のなかにある。飲酒とともに言及される麻薬の類と違って、まだしも緩やかな掟というべきで、正常な身体と心を損《そこ》なう恐れのある、要注意の対象としてあるものだ。古来、飲み方によってはクスリとなる部分もあることで、時と場合によっては絶対的に許されないというのではない。せっかくの友との時間を白けさせるより、ここは少しばかり手綱《たづな》を緩めて、つき合いというものがあっていいのではないか。

ほぼ毎夕の本堂《ウィハーン》における勤行では、最後に僧同士の「告罪」（戒違反の許しを乞うて罪の自覚と反省を誓う）でもってあっさりと水に流される、比較的寛大な戒群の一つでもある。

しかし、もう言い訳は措くべきだ。戒違反そのものが不善であり、その非を省みる必要はある。それがなければ、小さな水漏れをきっかけに堤《つつみ》の決壊を招くようなことにもなりかねない。

そんなことを胸の内で呟いて、さらなる勧めを、いや、もうけっこう、と断わった。お替わりを一度しただけでもう十分、という限《き》りは昔と違って自覚できているようだ。
おかげで、深い、すこやかな眠りがめずらしく朝まで続いた。

＊

翌朝、明け染めた富士が絶景だった。

カーテンを引けば居間からも見えるそれは、朝日を受ける前から冠雪の白もあざやかに聳え立っている。これほど息を呑むほどに美しいものは、日本にしかない。であるのに、どうして……、と後に続く言葉はいくらでもあるが、それも呑み込まれてしまう。

やがて起きてきたアーチャーンは、ほう、ほう、とくり返し、後につづく言葉は、運がいいね、トゥルン、という一言だった。

「いや、運がいいというより、アーチャーンの徳（ブン）のおかげだね」

私がそういうと、ただほのかに笑って、優美な姿へスマホのカメラを向け続ける。

実際、ここまでツキを得てきたのは、私にはやはりアーチャーンが積み重ねてきた徳、ブンの賜物であり、そのおかげに私もあやかっていると考えていいはずだった。昨年の奈良、京都では、一日も雨に祟《たた》られなかったことと合わせると、ただの偶然ではないような気がしてくるのだ。

いっとき、食えない時代の私がこの街に来て、義父が建てた新築の家で世話になったことがあるのを思い出す。その頃の自分は、三つ目の会社も（有休超過となる海外への長旅が因で）クビを言い渡されて無職同然になったことから、非常によくない精神状態で過ごしていた。東京へ戻るつもりもなければ私の実家へ行くつもりもない妻を頼りに、義父母の支援を受けて学習塾なるものを始めたのだった。が、二年ばかりで知人に譲り渡してしまった頃の傲慢な姿勢は何だったのか？

モノ書きをめざしていることが何ほどのものか、未だ食えもしない身は無条件に謙虚でなければならなかった。にもかかわらず、驕《おご》った姿勢を改めることをしなかったばかりか、感謝の言葉一つ口にせず、生まれて二年余りにしかならない長女と妻を置いて再び東京へと去っていったのだ。

べつに喧嘩をして別居したわけではなかったから、たまには訪れて、東京との行き来をくり返すうち、次女が生まれ、長男が生まれた。しかし、その子供たちもまた妻はみずからの父母の願いに応えて囲い込んだ。私の両親が待つ遠くの町へは行くつもりなどなく、微動だにせずに住み続ける妻へ、かつては世話になりながら、反感こそあれ認めることをしなかった。そのこともまた私自身の驕りの現れだったろう。未だ妻子を養う力もないくせに、従って何もいう資格がないのに、煮え切らない心を引きずっていたのだった。

父権の喪失は私の場合、そのような特殊な状況も影響していた。私と元妻の双方が両親を持っていて、両者の綱引きがあったという事情は、私の存在自体の煙たさのようなものにつながっていた。そうしたことも、思い返せば、ある面で恵まれていても、それが不幸せをもたらす因にもなったという皮肉がみえてくる。双方とも、それぞれに勝手な感情と振る舞いでもって生きていた、そのことによる当然の報いのように思えてくるのだ。

ある日、子供たちの顔を見に出かけると、日常生活がペースを乱される、と呟いた元妻の言葉は、ただの一言ながら痛烈なものだった。実際、生活費ももらっていない、経済的に何の支えにもならない夫など、しかも遠くの田舎にいる両親の顔がチラつくような夫など、いないほうが心おだやかに過ごせる、というわけだったか。家族の旅行にも一切誘ったことがないのは、そういうことであったのだろう。いわば一種の疎外感が私にとりついて、積み重なる反感に輪をかけた。私の来訪をよろこんで、あちこちへ付きまとっていた子供たちには、またしばらく父《チチ》はいないよ、と別れるときは告げたものだ。

父親の不在は、三人の学校時代に三様の影響を及ぼした。末の息子は、父親参加の行事における、人とは違う環境を恨めしく思ったこともあるという。が、そのハンデから、逆に人に負けるまいと努力したという話を聞いたのは、ずっと後のことだ。そのことが高校時代は有明コロシアム（全国大会）へ進出するまでにテニスで鳴らし、大学進学後は中退したとはいえ決心した音楽、シンガーソングライターの道へと進み、まずまずやっていけていることの下地にもなったのか。

次女にいたっては、一つ目の大学では飽き足らず、二つ目を出て資格を得た医療関係の職に就いたものの、その劣悪な職場環境に声を上げる同僚がいないことに失望して辞めてしまい、何とパン造りの職人へと転身してしまう。いったい何のために二つの大学を出たのかと思っていると、そのパン屋さんで出会ったヨーガにめざめ、単身インドまで出かけて極め、ヨーガ師となって自分の道を見出した。仏法は、引き受けるべき「業」として生まれながらの（血の）それを説いているが、どうも私自身のそれのような、争えぬ「血」

を感じさせるところがある。何をやっても満たされず、成就しなかった歳月の末に、思いもかけなかった出逢いを持つといったこともそうだが、それで安泰な人生があるはずもなく、さらなる困難な道が待ち受けているといった成り行きをみていると、まるで生き写しのようでもある。放ったらかしたにしてはなぜか父を想う娘で、出家前に無一文《スッカラカン》状態となった私に理由も聞かずに当座の生活費を用立ててもくれたのだった。長女ともども未だ独り身を通しているが、周りからの雑音に惑わされない自由な生き方であろうから、とやかくいう必要はない。というより、私自身の生き方を顧みれば、意見などいえるわけがなかった。この点だけは父母を見ならって、放任という名の「自由」を与えるほかはないのだろう。

方や、多くの時間を割きながら、ゴルフの道を逸れてしまった、もう一人の息子のことは、何とも皮肉な成り行きに思えたものだ。いまはやっと改心をして、どうにかやっているようだが、足りない父親がうるさく関わりすぎるくらいなら、不在のほうがむしろ益することもあるという、親と子の関係性のむずかしさ……。やはり母が常々いっていた、ただ祈るしかない存在であるのかもしれない。

人はいう。何ともややこしい人生だ、と。然り、いろんな面で浮沈と曲折の多い、何をどう悔いてすむものでもない、因縁だらけの人生を過ごしてきたことを今さらのように思う。元妻とのむずかしい関係といい、息子の母親との離反といい、まさに不善の報いを受けていく過程をみれば、この山に、霊峰に笑われてしかるべきものだったというほかはない。

「五戒」の一つとして在家にも日常的に唱えさせる文言――〝カーメー　スーミー　チャーチャラー　ウェラマニー（性的不義〈浮気等〉から離れます）〟というのがある。

人生を無事に過ごすために必要な条件とする教えは、まさにその通りだった。それは「嘘つき（ムーサーワーター）」とともに置かれて対をなす、場合によっては地位や職場さえも失わせる危険この上ないものだ。無事どころか、苦にまみれた道、泥と小石の濁流のようであった来し方……、仏日《ワンプラ》のたびにその唱えを在家にくり返させているのだから、まるでお笑い種《ぐさ》か。トゥルンの過去がそういうものだと知ったなら、アーチャーンは……いや、あまりに遠い宇宙の俗物の話など、やはり聞くこともせずに放っておくだろう。

日々、この山をみて暮らす人々は、みずからがいかに贅沢な環境にあるかを知っているにちがいない。多くの人を惹きつけてもきた。宗教団体はいうに及ばす、一般人も家を（あるいは別荘を）かまえて移り住んだ。他郷へ行くことは、まさに都落ちに相当する。

母は、痴呆になって父に叱られる度に呟いたものだ。どうしてこんな田舎に来てしまったのか、ワタシの家は奈良にある、と。老いが進み、惚けるとなおさらに、自らの故郷に戻っていくものなのか、いっそう鮮烈によみがえるものがあったのだろう。

晩年の父は、惚けていく母に決してやさしくはなかった。火を消し忘れてナベを焦がされたときはむろん、庭の干し柿をいくつも食べられたり、もらった菓子折りを一度に空っぽにされたりする度に、昔は頭のええ（よい）人やったのに、と嘆いた。みずからも老いて手術痕が痛んでいく日々に、苛立ちもつのっていたのか、一体なぜこんなふうになってしまったのかと、愚痴ることをやめなかった。

助け人が離れて住む次姉しかいなかったことで、オシメをするようになった母に困り果て、そこやっと施設に入れることができてからは、そこを訪問することもなかった。おそらく父のなかではすでに母との別れがあったのだろう、顔を見せたところで夫であることもわからない妻など、訪ねる意味もなかったにちがいない。

容赦のなかった米軍にさえ爆弾を落とすことをためらわせた、まさに日本の古都、ナラ……、戦中の疎開は、母にとってはまぎれもないミヤコ落ちだった。元妻は、私の田舎になど落ちていかなくてよかったのだ。

「娘さんには、今回はもう会わないのか？」

昨夜、酒を飲みながらYが聞いた。

「お母さんによろしくといったから、もういいだろう」

「それだけか」

と、Yは笑った。

そう、それだけでいい。この街で大過なく元気で暮らしていれば……。

この前、一年半ほど前にもYを訪ねて一泊している。アーチャーンと奈良、京都の旅を終えたあと、用事の一つとして、長くご無沙汰をした元妻と娘（長女）に挨拶をするためだった。いまでは築年数がずいぶんと経つ、渋く枯れてもきた木造一軒家へ、三十分ほど立ち寄って、元義母に続いて義父も亡くなったというから、線香をあげに出向いたのだった。

こちらは、私の顔も見たくないというほどの離反はしていない。東京で暮らす次女と末の息子によれば、三人の子供をさずかったことに感謝もしているらしく、父親をわるくいって育てることはなかったという。世間にはそれがありがちで、まずいことになるケースが多々あるから、せめてもの幸いであったか。隣町の市民会館に勤める長女とのふたり暮らしだが、私が訪れたときは、Eテレに出たという息子のソングを聞かせるなどして、母娘《おやこ》ともに追っかけファンの顔をみせたものだ。

その父親は、戦後、私の叔母の夫（奈良の住職）と同様、ソ連がなした敗残兵のシベリア抑留の犠牲になり、ありとあらゆる疫病を患いながらも無事に生還した頑健な人だった。

が、やはり帰還後は周りとのこっぴどい断絶を経験した、気むずかしいほどに寡黙な人でもあった。抑留中に理想の体制として吹き込まれた共産主義と戦後日本の状況はあまりに違いすぎて、ふたりの娘（姉妹）を教え導く言葉を失っていたことに変わりはない。その意味では、私の父親と似たようなところがあったといえる。が、その娘たちに与えた影響についてはどうであったのか、何らかの不足をもたらしたはずだが……。

ただ、やさしい人だった義母に救われていたことは確かだろう。亡くなる前、私の両親には申し訳ないことをした、と言い遺したそうで、長女と離別した私を恨んだことはあるにしても、孫たちを囲い込んだことのほうをずっと気にかけていたのだったか。いや、この街でよかったのですよ、と今ならいって差し上げられるのだが。

「この山はまだ生きているんだよ、アーチャーン」

ただ休んでいるだけで、いつまたドーンと噴火しないともかぎらない、それがいつになるかは誰も知らない。爆発する（ラバート）の語を交えて話すと、また、ほう、という顔をして、それもアニッチャー（無常）だね、トゥルン、と言葉を返した。

夜明けが明るさを増すにつれ、太陽が昇るにつれ、山はその表情を変えていく。が、どの瞬間をとっても絶景に変わりはない。きれいな海に代わるもので、これ以上のものはないはずだった。西伊豆からも見える山だが、これほど巨大な見え方はしない。

「運がよかったね」

アーチャーンがまたいった。

徳（ブン）の結果、と私は前と同じ言葉を返した。アーチャーンのそれが私の不善をカバーしてくれているのだと、改めて思った。


朝早くから、奥方が食事を用意してくれていた。味噌汁が旨いのか、アーチャーンは何度もうなずきながらレンゲですくっては口に運び、私の方は、焼いた秋刀魚と大根下ろしの美味に思わず、おいしい、の言葉を口にした。これも久しぶりの懐かしい朝食だった。

駅前のバス乗り場まで見送ってくれたYと別れた後は、またふたりの旅だ。持たされた弁当を食べるうち、昼には田町の写真事務所に着いて、預けておいた荷物を手にすると、その足で再びの宿泊地をめざした。

今度は、宗教がかった人の出入りを拒むミンパクのお兄さんにカチ合うこともなく、マンションの階下へ降りた。線路沿いに出ると、品川へ向かう新幹線の姿が見えて、アーチャーンがなつかしそうだ。たとえ十分ほどでも乗せてあげてよかった、と思う。最低限の望み、これくらいは許されてよい。

田町駅から山手線で東京駅へ、そして比較的空いている午後の東海道本線に乗り込んだ。社長の息子の拒絶がなければあり得なかった、まさに漂流《なが》れ旅となったことを改めて感じた。不幸中の幸いとはこのことか、東京タワーからブッダのお骨へ、富士山へ、そして最後は、やはり海を見るため、友人宅へ、湘南へと向かっている……。

一つの計画の変更が、これほどまでに旅の中身を変えてしまうとは、考えてみると、驚くべきことのように思えてくる。旅にも譬えられる人生そのものの有りようを見るようでもあって、私自身のそれを映しているような気もした。出家がなければ、このような旅もまたあり得なかったように。それが心と身体のすべてを変えてしまったように……。

辻堂の駅は、一年半ほど前に来たときと変わっていなかった。海岸方面へ向かう駅前のバス乗り場の位置も同じで、その名も「真砂《まさご》通り」をめざして走る。いまバスに乗った、とメールを打つと、待ってます、と返された。バス停からの道もまだよく憶えていたから、何の問題もなくMのアパートに着けるはずだった。

13

M宅は、みずからが経営するアパートの二階にあった。

広いリビングを持つ2LDKである。そっくり空いている六畳のアーチャーン用の部屋には、すでに暖かそうな布団が敷いてあった。

Mは静かな男だった。口数が少なく、低い小さな声で、ゆっくりと話す。感情の波立ちがないというのか、私たちが到着したときも、ああ、といったきり、いらっしゃい、ともいわない。黙って迎えて居間に通し、腰を落ち着けてからも、ほとんど私ばかりが喋っていた。

今回の経緯《いきさつ》についてはすでにメールに書いたが、改めて助かったことを告げた。その際も、ただ微笑してうなずいただけだった。

最初に出会ったのは、在家の頃に住んでいたバンコク都内のアパートだった。たまにブラリとやって来て二週間ほど滞在するMとは、はじめのうちはとくに親しかったわけではない。ただ、非常な親日家であった女主人のおかげ（その紹介）で、同じ邦人としての知己を得た。彼が来るたび、早朝のコーヒーや夕食を共にして、お互いのことが少しはわかるようになり、だんだんと気安くなっていった。翻訳の仕事をアパート経営とは別の生業《なりわい》としていて、モノ書きの私と共通項があるせいもあったか。その頃も口数は少なく、ムダ口をきかない、粗悪な物言いもしないことに好感が持てたのだった。

昨今は仕事にあぶれてヒマをしているとメールにはあったが、その通りらしい。すでに六十の半ばを過ぎて、若い者がのしてきたせいか、依頼の件数が少なくなったという。その種の自由業にある高齢者の斜陽は、どの世界でも避けられないものなのかもしれない。

いつだったか、湘南の変貌ぶりを話してくれたことがある。立派な松の木と瓦の白塀を持つ純日本風の邸宅の二世、あるいは三世がそれを持ちきれず、手放し、趣《おもむき》のない画一的なアパート、新建材の住宅に変わっていく。戦後税制、とりわけ相続税と固定資産税が日本のカタチをどんどん変えていく。旧家の没落は、父親が長者であった私の友人の場合もそうで、杉並区（東京）で唯一といわれた野鳥の鳴く森が消えていった。私の故郷もそうだが、すさまじい自然破壊はむろん、過疎化して空き家や放耕地が増えていく問題も、日本人の多くを苦しめてきた戦後体制とそれに逆らうことをしなかった政治の愚策に根をもつものだ。それもこれも、大敗戦による断絶がもたらした一現象（GHQの日本人の魂を抜き去る政策が功を奏した結果）にちがいなかった。伝統の喪失なるものは人の心をも変質させる、それも善からぬ方向へと変えていくことについて、法律ですから、と開き直るわが国の当局、為政者は鈍感で楽観的すぎる、と私には思えるのだが。

＊

U子が来る、とMはいった。バンコクで在家だった頃から、私に会いたい、といっていた女性だ。かつてMのアパート一階に住んで、サーフィンを趣味としていたが、結婚して埼玉へ行き、いまは子供（女の子）も生まれているという。

いくら異国へと落ち延びても、名だたる文学賞のラベルだけは剥《は》がされていないこともあって、たまにそういう人がいる。会ったからといって何が出てくるでもない、ただ酒でも飲みながら、とりとめのない、たいして益にもならない四方山《よもやま》話をするくらいのものだったが、それでも楽しかったといってくれた人もなかにはいる。Mの口ぶりでは、U子もその一人になるかもしれなかった。

アーチャーンの話になった。紹介を兼ねて、簡単な経歴を説明する。カッコよくみえた僧にあこがれ、得度して未成年僧（サーマネーン）の時代を九年、二十歳《はたち》で可能となる正式な得度式（二二七戒律を授けられる受具足戒式＝ウパサンパダ）を経、一人前の僧となった。現在、三十七歳（満）、副住職となったのは、二十六歳になろうという頃だ。新米僧《ナワカ》の時代を五年過ごせば住職、副住職となる資格が得られるのだが、それをクリアして間もなくだった。ナワカを卒業してすぐに副住職となる人はめったにいない。僧としては最速の出世であり、実際、昨年はアビダンマ（「三蔵」としてある律・経・論のうちの「論」）に関するサンガ試験の最高位、九段目に合格した、わが寺の俊英といえる。いわば、釈尊《ブッダ》と真っ直ぐにつながる仏弟子である。

「それじゃ、もう悟っているんですかね」

Mが邪気もなく尋ねた。

その問いを私がアーチャーンに向ける。と、ほんのりと笑って首を振った。答えナシ。私もそれは承知していたから、Mにそのことを伝えた。テーラワーダ仏教では、みずからが高度な知見を得ている、といったことを口にするのは戒に触れる、サンガを追放される恐れもある「禁」なのだ、と。

えッ、とMはめずらしく驚きの声を上げた。彼にはいかにも思いがけないことであったようだ。自分が悟った日には、悟ったぞぉ、と周りにも宣言するつもりだった、という。アーチャーンが傍で、私の説明にうなずいて、ハーム（禁）、マイ・ダイ（それはできない）、とにべもなく言い切った。

自分は卓越した知見を得たと他言し、より多くの布施をもくろんだ僧たちは、テーラワーダ仏教の歴史において、すべて偽者《にせもの》、悟りからはほど遠い輩《やから》であったという事実がある。アーチャーンはかつて私にそのようにいい、たとえ冗談であっても口にしてはいけない、仏教界の頂点にいる大僧正《プラ・サンカラート》といえどもそれは同じなのだと、念を押すように告げた。

悟りと、それがもたらす涅槃は、仏法の最も肝要な部分であり、その法は多岐にわたって説かれるけれど、個々の者がその境地に達したかどうかは決して人に告げることはできない。一見わかりづらい、しかし妙技ともいえる論理がそこにはある。もとより、たいしたことのない人間ほど自身を偉く立派にみせようとするものであること、そしてそういう嘘つきがいかに多いかをよくわかったうえでの戒でもある。それは得度式においてもきびしく戒められる「慢（マーナ）」の心、すなわち他と比較してすぐれていることを公言したり、他を貶《おと》めたりすることの絶対「禁」に通じるものだ。

従って、Mが悟りを得たかどうかは、M自身にしかわからない、みずからの内に秘めるほかはないものなのだと、未だ不服そうな顔へ私はくり返した。

「ただ、幸福度という面ではどうなんだろう」

と、これは私のほうから切り出した。

「どうなんですか?」

「これは相当に高いところにあるようだよ」

と、私は思いのままに返した。

テーラワーダ僧は、その昔には、自己のための修行に励むだけの存在とみられていた。が、いまや公教育の現場へ、受け持ちの授業へと出向いて行き、在家の教員とは比較にならない低い報酬でもって教壇に立つ。政府に割り当てられる、大事な義務《つとめ》の一つだ。が、お金ではない幸せを得ているから(賃金の安さは)いいのだと、アーチャーンはいう。教えを授《さず》けること自体が価値ある布施であり、在家も日常的に望む「徳(ブン)」を積むことにもなる上、生徒たちから慕われ、親御にも感謝されるといったことは、やはり幸福に通じるものだという気がする。

「もちろん、妻子はいないんですよね」

「いないね」

「私と同じで、ある意味では似たところがあるんでしょうね」

「そう。Mさんのことを話すと、教授《アーチャーン》はいいましたよ、それはラクでいいね、と」

Mが低く笑った。しばらく思案してから、

「それはいいことなんですか？」

と、真面目な調子で聞いた。

私は応えをためらった。いいもわるいもない。そのようにしか生きられなかった（みずからその道を選んだ）、それぞれの現実があるだけだ。そのことを引き受けていくほかはないことさえ覚悟していればいいのではないかと、とりあえず思うところを（自分自身にも言い聞かせるように）口にした。

アーチャーンは、与えられた部屋に入り、荷物の整理などしていた。私は寝床に決めた広いソファに腰かけている。Mは缶ビールを傾けていたが、私はすすめを拒み、コーヒーのお替わりをたのんだ。

「ただ、アーチャーンには僧としての生き方に迷いがない。それだけは確かで、それはいいことだと思う」

黙っているMへ、私の独り語りが続く。

「仏教でいう知恵というのは、かしこく生きる術とか、より問題を少なく、つまり苦しみを少なくして生きる法のことなんですよ。それを見つけられたとき、知恵がついたといえる。むろん、それにも段階《ステップ》があって、悟りの入口から最高位のアラハン（阿羅漢）まであるわけですが」

「悟りましたか」

「とんでもない。ぼくなんかは、まだ幼い子供ですよ」

この頃、本当にそう思う、と私はやや語調を強くした。テーラワーダ仏教では、七歳からの得度を認めているけれど（これは「律」によって）、その意味ではやっと十歳になるところだといえる。まるで幼児教育をいま頃になって受けているような気分すらある、というと、Mは、ふむ、とうなだれた。これも思いがけなかったようだ。

「ただ、悔いてばかりいた人生に、これからは悔いを残さない。少しはマシな生き方がしたいと思う。それだけは何とかしないと、出家した甲斐《かい》がない？」

私が軽い調子でいうと、Mはまた低声で唸った。

いかなる悔いであろうと、それもまた自業自得という処理のしかたで引き受けるほかはない、不善という名の「業」が招いた結果だった。結婚した女性と結婚しなかった女性のことを、その子供たちのことも含めて、おおまかなところをMに話して聞かせた。最もやっかいな問題と悔いは、そこにあるという話も、Mには意外だったようだ。

「二人の女性ともに上手くいかなかったということは、いってみれば踏んだり蹴ったりじゃないですか。……ご免なさい、勝手なことをいって」

私は苦笑しながら、

「いや、その通りでしょう」

と、まずは応えた。それから言葉を選んで、

「ぼくは、いわば二人を相手に無益な戦争ゲームをやってきたんです。両方ともに子供を人質にとられていて、勝てるわけがなかった。でも、起こしてしまったのだから、その業の結果は引き受けるしかない」

「ふむ……、それが仏教的な理法ですか」

「坊主だからね、頭をまるめてすっきりしたから、そういう話になるんです。ただ、そのゲームは勝ち負けよりも、どっちにより多くの責任を課すべきか、ケンカ両成敗というわけにはいかない片寄りがある気がしますね」

「というと?」

「七分と三分の割で、こちらが悪い。裁判になると、三分の情状しか認められない有罪で、刑務所に入るのはぼくのほうですよ」

真面目な口調で、私は言い切った。

「でも、以前は五分と五分だと思っていました。戦いは引き分けで、相手にも半分の責任がある、とね。しかし、それは正しくないことがわかってきたんです。泥棒にも三分の理《りくつ》というけれど、モノ書きも三分の言い訳しかできない。それがやっとのところでしょう」

Mが笑ったので、私は一息ついた。その通りだと、自分の言葉に納得の思いがあった。責任の七割がたは、まぎれもなく我欲にかられて勝手な生き方をしてきたこちら側にあるというほかはない。それでも一応、モノ書きにはなったことで、やっと少し言い訳が通せるかという程度の話だろう。むろん、それもムリに通すようなものだが、もし最後のつもりであった賞への賭けに失敗していれば、ただの悪ガキの行いとして救いようもなかったはずだ。

「すると、私の場合、やっぱりラクだったんでしょうね」

「苦楽の割合からいえば、そうかもしれない」

と、私は応えて言葉を続けた。

「ぼくの出家は、何かと踏んだり蹴ったりされて追いつめられた末、清水《きよみず》の舞台から飛び降りて助かったという面があるのと、ある意味では監獄ゆきの囚人みたいなものだったでしょうね」

「はあ……？」

「いろんな罪を併せて、懲役何年か、判決が下されたようなものでしょう。まだ三年目だけど、わかってきたこともある。塀《へい》の内側にいて勉強すると、新たな考えも生まれてくるんです」

「ふむ、よい文学賞をもらった人の言葉としては意外ですね」

そういったMに、私は頭《かぶり》を振った。

「その賞がなければ、人生はまるで違う展開をして、こんな姿もなかったでしょうね。出家なんかする必要のない、平穏無事の生活があったような気がします」

「………？」

「それはまあ別の話として……、いずれにしても、なぜそういう戦いをしなければならなかったのか。肝心のところは、そこなんですね」

「どうしてだったんですか？」

「一言でいうと、人間ができていなかったからです」

首を傾げるＭに、私は一息入れて言葉を継いだ。

「確かにいっぱしの文学賞には届いたけれど、そんなことは人間ができている証明にはならない。人格のすべてを保証するものではあり得ないんです。要するに、人間不足です。男女の隔たりとか性格の不一致なんていうのは、およその場合、ただの言い訳ですよ。そんなものは人間ができてさえいれば克服できる。そういうことが、出家して仏法をかじってみて、わかってきたんですね」

「さっきの七《なな》・三《さん》の話ですか？」

「そう。以前は、自分の人生は五十点だなんて、甘い点数をつけたものですが、それは正しくない。三十点ですよ、本当はね。まだしもの善い行いや言い訳をどうにか通しても、それくらいがいいところでしょう。結婚する資格も愛人を持つ資格もない者《モン》が、それをやってしまったんだから話にならない。うまくいくはずがないどころか、カンゴクゆき、いやジゴクゆきになってもおかしくなかった……」

「でも、お子さんがいらっしゃるんだから、地獄はないでしょう」

「それだけだね、やっとの救いは。世間の常識からは外れてしまったけど、唯一の慰めというか、取り柄というか……」

「じゃ、監獄じゃなくてお寺でよかったんじゃないですか？」

笑っていうMに、私はあいまいに頭を揺らして、

「駆け込み寺、という言葉もあるけれど、それでしたかね？」

と、思いのままを口にした。

人が生きていくための縁《よすが》、あるいは条件とは何か。そのことを改めて問いたくなった。何はともあれ、ここまで生きてこられたのは、多くの悔恨と救いとのバランスが大きく傾きながらも倒れてしまうことがなかったからだろう。それは、失ったものと得たもの、不善と善（これも七─三か）の均衡でもあるだろうか。三分の言い訳は、私にとって、その傾きを支えるために必要だった。

どんな失敗にも、他の存在との関係性がある。そこに、多少の取り柄もある。人間関係などは、転々する因果の途上で良くもなり悪くもなる。迷惑をかけてもかけられても、あるいは損害を受けても与えても、それぞれの言い分がある。原因と結果の流れは二転三転して、先々の成り行きなどはわかりようもない。

ましてや、むずかしい世渡りには運、不運までも（因・縁がからんで）つきまとう。あ

らゆる時と場で、自と他の、然《しか》るべき責任の分担がある。その比率はそれぞれのケースによるので一概にいえないが、極端を排する冷静な思考を失《うしな》い、すべてを自責に帰した日に、人はみずから命を絶つ恐れが出てくるのではないか……。

「確かに、受け入れてくれる寺があってよかったと思うけれど、まだ安心はできないね。出家したがために、よけいに俗世のことがよみがえって精神を乱してしまう人もいるというから、要注意ですよ。ぼくなどはその口《くち》かもしれない」

「なるほど。そうすると、悟りにはほど遠いことになりますね」

「はい。実際、はじめの頃は夜も眠れない日が続きましたから。やっと寝られても、悪い夢にうなされて目がさめる。それは、いまもさほど変わらないけど」

「出家したからといって、必ずしも問題の解決にはならないんですか」

「なりませんね。在家の時代が長いぼくの場合、逆に囚《とら》われてしまうことも少なくない。俗世に置いてきた片足を切断したくなることもあるくらいですから」

「ふむ……」

「それを何とかしないことには、やっぱり出家した甲斐がないですね」

私は苦笑して、話に区切りをつけた。Mにも何かがわかってきたのか、何度も首をタテに振ってみせる。

14

U子が訪ねてきたのは、午後八時を過ぎた頃だった。

勤めを終えた後、保育園に預けてある女児を引きとって川口から電車に乗ると、その時間になってしまう。息を切らしているようであったのは、遠路のせいではなく、重そうな荷を手にしていたからだろう。子供を連れる手のほかに、それを下げると手一杯であったのだ。

それは食料のようだった。テーブルに紙袋を置くと、なかの匂いが漂ってきて、確かに食べものと知れた。

「えッ、食べられないんですか?」

U子が目をまるくした。素っ頓狂な声を発し、

「こんなに買ってきちゃった」

泣きべそをかく。ムリもない、手巻き寿司だのトンカツだの、惣菜などもいくつか、皆で食べるために大量の仕入れをなしてきたのだ。Mは、私たちが夕食をとらないことを知らせていなかった。

「ぼくらは明日の朝、いただくから、どうぞ食べてください」

そう慰めて、区切りをつけた。

見目については、聞いていなかった。が、身丈のある細身の、目鼻立ちのしっかりした、いわゆる美人である。こういう人に会いたいといわれたというのはまんざらでもない、などと思うのはむろん在家の心情であり、僧としてはよろしくない。我らが仏教では、知恵ある者は美しい（月の光《ワンナ》のように）、というが、それはあくまで心のきれいさである。健康な肌色までの話で、外見については言及しない。

遠慮して自室へ引き揚げようとするアーチャーンを引きとめたのはMで、これは予定にあったらしい撮影会となった。そういえば、Yのところでもそうだったが、記念撮影が求められるのはふつうの服装をしていない我らの取り柄ともいえた。むろん在家と写真におさまるのはご法度ではない、が、それにはやはりルールがあって、女性が混じる場合は気を使わねばならない。

昨年の京都、金閣寺の境内における女子生徒の場合もそうだったが、僧の前、もしくは斜め前にやや離れて身を低くし合掌するのが正しいカタチだ。これは偉そうであるためではなく、細部の戒としてあるもので、なかには知らない僧もいる、とアーチャーンはいう。私と共通の知り合いであるイギリス人の僧がウェールズへ里帰りした際、黄衣姿のまま女友達と肩を組んで写した写真がメールで送られてきたときは仰天したものだった。知らないというのは怖いものだね、とアーチャーンは笑っていたが。

これが決まりなので、と私たちの前で合掌することの了解を得た。が、その準備にはかなりの時間を要した。U子のカメラの自動シャッターの狙いがうまく定まらないためで、それでも何とか終了に漕ぎつけたのは、二歳の女児までが私の前でかしこく掌を合わせてくれたからだった。

子供には人気があるという自信がついたのも昨年の旅以来だったが、その目にうつると、宗教がかった怪しい人が一転、宇宙からのヒーローに変貌する。その落差たるや、汚れてしまった大人と無垢な子供の対照をみせて余りある現象というほかはない。

「Mさんはね」

と、テーブルを元の位置に戻してから、U子がいった。Mは、ちょっと買い物をしてくる、といって出かけた後だった。

「昔から、悟りたい、悟りたい、と言い続けてきた人なんですよ」

「そうみたいだね」

「やっぱり、そういってましたか」

「はい、悟りにはとりわけ関心があるようで」

「そうなんです。私はここに住んでいた頃から、何度も聞かされました」

そういえば、以前にも聞いた憶えがある。在家の頃、バンコクで夕食を共にした折だったと思う。そのうち出家するかもしれない、と私が話したのに応えて、すると悟れるんでしょうかね、などと関心を向けたことがあったのだ。

いま思えば、その頃のMにはどこか元気がなく、自分の生き方にも自信が持てないようなところが感じられた。未だ独り身を通している事情などは知らないが、妻も子もなくてラクな反面、どこか淋しさ、物足りなさを感じているせいでもあったのか。

Mが買い物から戻ってきた。携えた袋には、ビールだの乾きモノだのが入っている。私が酒を飲まないことは知っていたが、どうも戒を破らせるつもりのようだ。アーチャーンは自室へと引き揚げていたから、そのつもりになればこっそり、ということもできなくはない。が、Y宅での違反に続いて二夜連続、というのは気がひけた。

「今日はやめときます」

と、私は今日はに力を込めた。明日はわからない。ゼッタイの自信を持って、言い切ることができない、その曖昧さに内心、苦笑して、食べるのをためらうU子へも、

「どうぞ、ご遠慮なく。遠慮されると、こっちが迷惑をかけることになる」

ここでもまた、自他の在《あ》りようはやはり一概にいえない。

U子を交えて、しばらく雑談する。なぜ出家などしたのかと問う彼女に、

「人間不足」

と、すまして応えた。

「えッ？」

「そのうち本に書くつもりだから、それを読んでください。長い時間をかけるものだから、ここではちょっとムリ」

「わかりました。本を待ちます」

潔《いさぎよ》くいって腕の時計をみると、そろそろ行かないと最終に間に合わない、という。たいして話をする時間もなかったが、家庭を持つと、こんなものだろう。お幸せに、と私は紋切り型のセリフを口にした。一言だけ、「夫婦は結婚して子供ができてからが何かと大変だから」と、つけ加えた。

「はい」

とだけ、彼女は微笑んで応えた。

これ以上いうと、またもかつての自分を棚に上げた説教になる、と感じてやめにした。

＊

U子が帰っていったあと、ソファの上の寝袋にくるまった。Mが独りビールを傾け、モノをつまむ。

旨そうに飲むMをみて、いささかうらやましい気持ちがうごいた。その誘惑は、戒破りの可能性と背中合わせだ。俗世に染まり、酒にまみれた在家の時代が長い私にとっては、一層そのことがいえる。アーチャーンが常々口にする、在家と交わることの危険性とは、このことをいうのだろう。もっとも、出家を支えるのは在家の存在であるから、その辺はある種のバランスが必要になってくるのだが。

　MがU子の話を始めた。実は、大変な苦労人で、いまの姿からは想像がつかないほどだという。子供の頃に、まず父親が出奔していなくなった。その後、高校に入った頃、母親もまた父親に代わる男性《ひと》をみつけて家を出ていった。両親から棄てられる形になった彼女は、以来、年齢を偽って水商売の世界に入り、独り自活しながら勉学を続ける。四苦八苦して高校を出ると、いろんな資格試験に次々と挑戦して合格していく。そして、よい会社にも就職して独り立ちした頃、Mのアパートの住人になったのだという。

　Mはいわば親代わりのように彼女の語りを聞いてやり、共にサーフィンをするなどして親しくしたが、ついに男女の関係にはならなかった。しっかり者の彼女は、男性に対しても一定の線を引いていて、スキを与えなかったというが、わかる気がした。その姿、姿勢に、物言いに、何かしら情に揺らされない、骨のある気性が感じられたからだ。

　人間には何かそういった不遇やハンデをバネに、他に負けるまいと努力するといった面があるのだろう。拗《す》ねたりひねくれたりして悪の道をゆく者もいれば、真っ直ぐに真面目にがんばる者もいる。人は、生来のものと生まれ育った環境の両方でもって、つまり双方の力関係のいかなるかによって生き方も決まってくるのだろう。同じような環境に育った兄弟ですら、成人した後はそれぞれ行く道も考え方も分かれるように、その人格を形づくる要因はいくつか絡まってあるとみてよさそうだ。人との出会いなどを含めた環境も大事な要素だが、それとは別に、その者が持って生まれたもの、生まれながらに備えた何かも決して無視できない、そのことの見本でもあるだろうか。

もし彼女がその境遇に負けて悪の道に走っていたなら、ずいぶんな言い訳をして自己弁護することもできただろう。その必要がなかったことの背景には、実に彼女の為人《ひととなり》、持って生まれた資質と、それを生かす他者の存在があったにちがいない。

私自身は、その種の不遇に相当するものがなかったことで、人より甘い、楽観的に過ぎる考えでもって世渡りをしてきた。そのこともその他の要因と重なって、窮地に追い込まれていったようなところがある。両親《ふたおや》ともにいなくなってしまった彼女のような人ほど、後にはしっかりとよい伴侶を選び、幸せな家庭を築くものなのだという、身につまされる皮肉を思う。恵まれすぎて招く不幸というものが人世にあるとすれば、その好い例が私の場合であったような気がしてならない。

人生に、モノ書きとしての稼業に行きづまりを招いた、その理由、背景といったものが、今さらのように大きな問題に思えてくる。それを解き明かさなければ、人間不足の部分を埋めるものが何なのかもわからない……。

そんなことを考えているうち、眠りに落ちた。

Mがいつ寝たのかも知らなかったが、翌朝、早くに目が覚めたときは、リビングの隣の部屋で、まだ酒の息を吐いて眠っていた。

15

すっかり夜が明けていた。

私は、同じく朝が早いアーチャーンを誘って散歩に出た。睡眠中のMの邪魔にならないための配慮だったが、まだ果たしていないことを実行するためでもあった。

ただ、その道が海に通じていることは、アーチャーンには黙っていた。目と鼻の先に海岸(鵠沼《くげぬま》)がある。そのことは、隠しダマのように伏せていた。U子らがサーフィンに興じた海、湘南っ子として愉しい日々を過ごした海だ。この前、夏場に入った頃に来たときは、その大会が開かれていて、大勢のサーファーで賑わっていた。

海岸に沿って走る国道に出る。渡ると、すぐに海が見える。信号機はなく、何台か車が通り過ぎるのを待った。

「どこへ行くのかね、トゥルン」

と、またアーチャーンが尋ねる。

私が渡り始めると、ついて来ざるを得ない。

おぅ、と大きめの声を発した。タレー、と一言、タイ語で口にする。はじめてみる海らしい海、はじめての潮の香だった。少し目を細めて、昇りはじめた太陽に輝く海を見つめる。感動の瞬間とまではいえないが、ある程度の愉快さはあったにちがいない。

「これも体験だね、トゥルン」

と、いつものセリフを口にする。タイの内陸部にはあり得ない光景だった。

この海もいい。右手には伊豆半島があるけれど、十分に駿河湾に代われる。どこの海であろうと、そこにあるがまま、比較などされる謂《いわ》れもない。これで十分、文句なしにきれいな海だ。西伊豆の海は囲われた湾（駿河）だけれど、こちらは太平洋だ。

「この向うは、ハワイだよ」

アメリカのハワイ、と私がくり返す。アーチャーンは首を傾げてから、ふと気づいたようにうなずいた。

そこへと攻め込んでいった日本は、トラトラトラ（真珠湾攻撃成功の暗号）を発した連合艦隊の戦果に酔いしれた。真珠湾には海戦に不可欠の航空母艦（空母）がいなかったとの謎が解かれる日がくれば、やはり日本が攻めて来ることはわかっていた、ということになるのだろう。先刻お見通しであったから空母を逃がし、開戦に必要な議会の同意を得るため、先に一発を打たせてから逆襲を期すという米政府、ルーズベルト大統領の策略は、計算通りだったか。さらに都合がよかったことに、最後通牒に当たる通告文の配達に

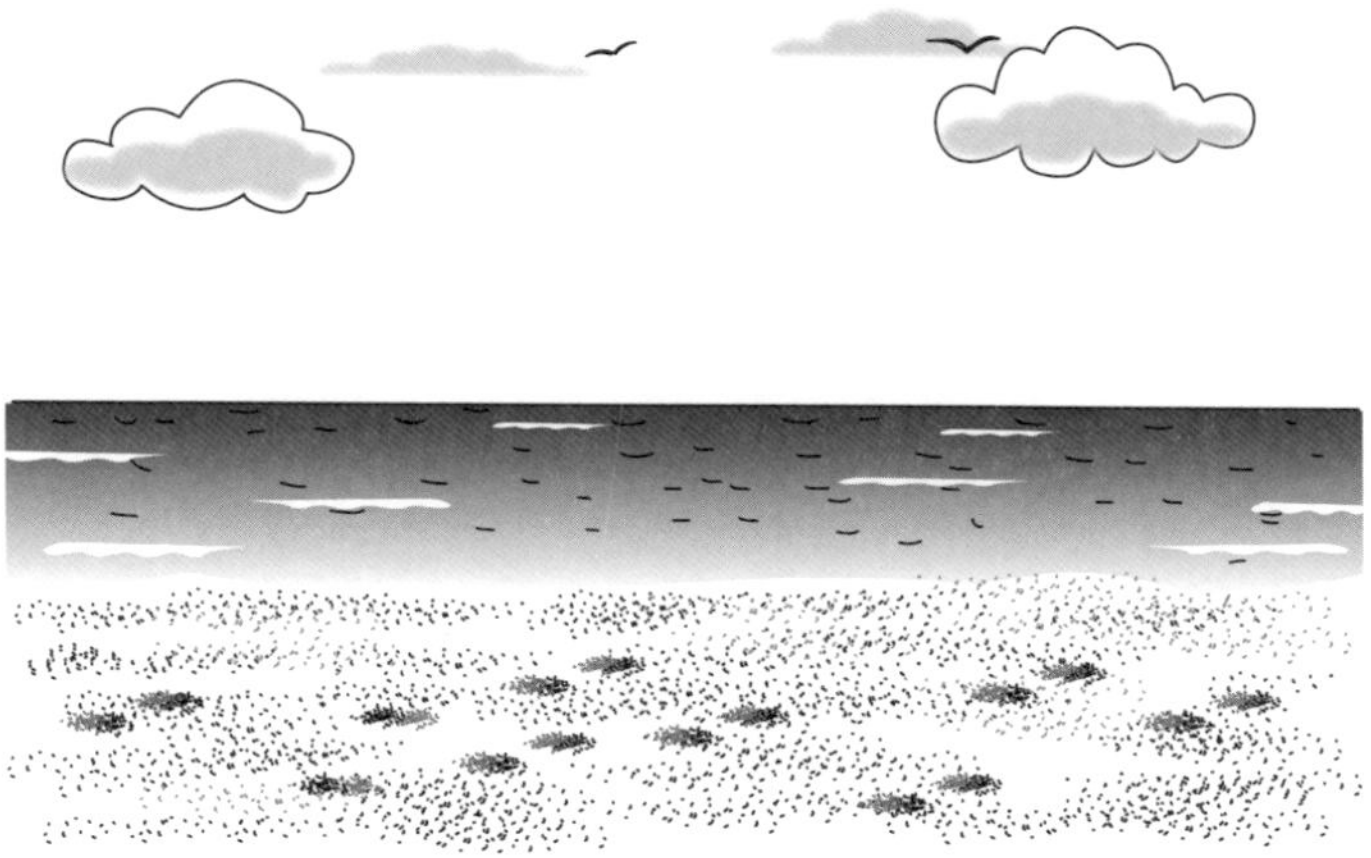

（一時間以上の）遅れをきたしたことから奇襲の汚名を着せることができたのだったが、そもそも宣戦布告を攻撃開始のたった三十分前に変更、設定させた日本軍部の姑息《こそく》なやり口がおおもとの因であり、大使館（在ワシントン）の不手際などはただ周辺の条件（縁）にすぎなかった。しかし、たとえ布告の手遅れがなかったとしても、殴るぞといっておいていきなり殴りかかる喧嘩のようなものであったから（これでもハーグ条約には違反しないことになるが）、奇襲のそしりを受けたことに変わりはなかったはずだ。

　実のところ、その最終通告文までも〈紫〉暗号（パープル）の解読によって先刻承知のうえであったから、額に汗して届けた大使からすっとぼけてそれを受けとったハル国務長官もタヌキだった。が、それも宣戦布告とはいえないような、これ以上の交渉の継続を断念せざるを得ないことを遺憾に思う、といった曖昧《あいまい》な文言であってみれば（それ以前の「ハル・ノート」がすでに米側の最後通牒のような〈日本を窮鼠《きゅうそ》にする過酷な〉ものだったが）、最後まで米大統領筋の思惑とかみ合わないままに開戦へと向かったのだ。そして、これもルーズベルトの陰謀説の中身だが、米国民はそれまでの厭戦気分（モンロー主義に基づく）を吹き払い、リメンバー・パールハーバーを合言葉に、卑怯な日本への復讐を誓う若者が続々と志願兵として馳せ参じたことを思えば、攻撃の成功をよろこんではいられなかったはずだが……。

敗北を喫したミッドウェー海戦のあとは逆襲に遭いつづけ、にもかかわらず、負け戦を国民には隠し続けた。輸送船もロクに送れなくなった孤島へ、無策のままに兵を運び、餓死させせた。そんな国のために命を棄てる意味があったのかどうか。

「日本はアメリカとの戦争に負けたんだよ、アーチャーン」

砂浜の石段に腰かけて、私たちはハワイの方角を眺めていた。

「それは知っているよ」

「それも完ぺきに負けた、大人と子供が戦うようなものだった」

「日本が子供だった」

「そう。だから、ぼくはいま、ここにこうしている」

「へートゥ！」

因、とアーチャーンがほのかに笑って応える。パーリ語のその一言で「因果」を表すのは、私たちが了解ずみのことだ。

「それを話すことは、とてもむずかしいんだけど……」

「マイトン、トゥルン」

アーチャーンはいって、首を振った。その必要はない（マイトン）、ともう一度重ねて笑いを浮かべる。

その因果を語るには、時間が足りない。それがいくらあっても十分には語り切れないだろう。それほどに、重くもありやっかいなものでもあるにちがいなかった。

＊

他のせいにする習性が私にあったことは、U子についての話を聞いて改めて気づいたことだった。行き過ぎた責任の転嫁《てんか》は戒めねばならない、と。

ただ、私のような人間をつくり上げたもの、その根源にあるものは何なのか。団塊の世代とその後の戦後世代を日ごとの環境として染めていったところの、GHQの施策（教育ほか）とは一体何だったのか。そこにどんな意味があったのか？

そんな問いかけが始まったのも、タイへと落ち延びて五年ほどが経つ頃だった。異国暮らしも行きづまりを迎え、先々の見通しも立たないままに、行きつけの屋台カフェーから僧と人々の托鉢風景を眺める日々が私を変えていくことがなければ、異国暮らしの果ては惨めなことになっていた、という確信はいまも変わらない。

しばしば伝え聞いた在留邦人の悲劇は、多岐に及んでいた。生活に窮した果ての孤独死にとどまらず、連れであるタイ人女性の手には負えなくなり、日本大使館前の路上に棄てられていく認知症老人の話（ここがアナタのお家《うち》と言い置いて去っていくという）、あるいは女性の裏切りに耐えられなかったひ弱な若者の自死といった、本国の縮小版を身につまされる話として感じていた頃だ。日々、托鉢僧への施しをなして朝のひと仕事を終える民衆の、安堵と安らぎに満ちた表情を眺めながら、そうした精神風土を持ち得なかったみずからの身を顧みて、胸の奥に、ぽっかりと空いた洞《ほら》に風が吹き通るような寂寥感《せきりょうかん》をおぼえたのだったが。

精神性の希薄な、いや、そうされてしまったのが、戦後教育の現場であったことも知らずに幼少年期を過ごした。人はいかに生きるべきか、何を頼りに生きていけばいいのか。人として不可欠なものを学ぶことなく、シカと教えられることもなく育ったことが、みずからの人生にどれほどの影を落としていたか。他の責《せい》にしたくなる誘惑が生じたのも、そのような異国の光景と、かつての父母や祖母をみて、さらには数知れない戦争の後遺症に苦しむ人々をみてきたせいだ。それもこれも「戦後苦」だと名づけたのは、出家してから仏法を学ぶなかでのことだったが、その屋台カフェーでの思いの延長としてあるものだった。

敗戦後の占領軍、マッカーサー元帥による施策は、日本人を十二歳の子供だと断じ、昔日のヤマト魂を抜き去る、つまり永久に米国に刃向かえない、その僕《しもべ》のような民族にするためだったという、幾多の論はその通りであったろう。例えば3S（スポーツ・セックス・スクリーンに耽溺させる）政策がそれに当たることは、異論をはさむ余地がない。それについての私の確信は、仏法におぼえる真理のそれに比例するがごとくに膨らむばかりだった。

もう二度と、一国を支配するような金持ちの個人やグループは作らせないという戦勝国側の意図が明らかだった戦後体制——財閥解体、農地解放（私有地、宅地等の土地は対象外とされた）、教育制度改革、……あらゆる分野での「断絶」はアメリカの魂胆に従ってなされ、無条件降伏した側は文句の一つもいえなかった。唯一のお情けとして、経済復興と発展だけは原子力発電（原発）を含めて（ヒロシマ・ナガサキの悪夢も冷めやらないうちに）認められたけれど、それとて米国に利する（原料の大半をアメリカから買う）という条件の下でなされたことだった。鬼畜米英や大東亜共栄を叫んで戦争に突入した国は、大敗を喫した後は手のひらを返したように欧米一辺倒となり、且《か》つかつての属国や占領地へは卑屈なばかりの謝罪をくり返すという、骨も魂もない節操のなさを露呈した。戦後、そのことをいち早く察知したのが学生たちで、安保闘争という名の反米、反体制運動を繰りひろげたのだったが、政府体制側には歯が立たなかった。そして実際、やっと沖縄は返還されたものの米軍基地はそのまま存続し、打ち続くベトナムやイラクなどの局地戦争にはさんざん協力させられて、莫大な税金が使われてきた。それは、実に釈尊《ブッダ》の説いた、従属することは「苦」しみであるという、その現実が敗戦後のわが国を覆っていったのだ。

その結果、人の幸福を経済的、物質的豊かさと同一視するのが戦後社会の通念となった。経済成長という目的にそぐわないものは排除された社会において、その偏った価値観に私自身も染まり傾いていったのは、家庭環境などからの影響とはまた別の力がはたらいた結果だった。蔓延した管理社会は、融通のきかない、寛容性のない法規制をクモの巣にして人々をがんじがらめの状態に陥らせていった。経済と倫理の関係を論じることもなく、幸福とは何かという真剣な問いかけもなく、ただ豊かであるかどうかを基準とすることに疑いも抱かずに過ごしてきた。それでもなお自己を見失わず、大勢に抗《あらが》って生きることができたのは、例えば宗教や哲学によって信念の一つも築ける、環境に恵まれた人でしかなかった。私のような者は、なす術もなく世相に流されて、幾分かはあった取り柄、救いのおかげでやっと生き延びるに足るだけの、綱渡りのような人生を過ごしてきた。まるで、やっかいな風土病に罹《かか》った者のごとく、齢を重ねるにつれ、人間としてのあるべき姿カタチを欠落させていったのだ。

所得を倍にするだの、列島を改造するだの、宝島をめざす国家社会は、ホドのよさ一つわきまえない、ブッダの教えとは無縁の状況を加速させた。私自身もそれと本質的に同じ次元でしか生きられなかったのは、いわば大河の濁った流れに呑み込まれていくようなものだったか。足るを知らない欲を持つことが成長の条件であるかのように、他人と比較して競い合い、上へ、もっと上へと尻を叩かれながら、その場の一喜一憂にもてあそばれて、それに疑問を抱くことすらなかった。

モノ書きとして一応の実りを得たのも、大方はそのような生き様の結果であり、受験戦争でもそうであったように他者を押しのけ、我欲を最優先させる浅ましい生きものの性《さが》がそうさせたのだといいうしかない。むろん、それがやむを得ないことであったという言い訳、抗弁は可能であろうし、そうして生き永らえてもきたのだった、が、いつまでもそれですむはずがなかった。咲いた花もいずれ散り落ちていく定めにあった歴史上の人物が、僧や尼僧になって生き延びた例のように、海を渡った落人の行き着く先もまた定《き》まっていたということだろう。

加えて、俗世に残してきた困難な有り様については、どのように理解すればよいのか。これも私というモノ書きの宿命という名で片づけたい誘惑を排していえば、やはり人間としての「不足」によることは幾度《いくど》思ってもその通りだが、問題はそれが何ゆえであったのかであり、人生を平穏無事に、最後まで事もなく過ごせるわけがなかった理由にもつながるものだ。

アメリカ（GHQ）の施策の意図がその通りであろうとなかろうと、結果をみれば、その政策が功を奏したことに変わりはない。私のような足りない人間が育ち、経てきた人生の失敗と過ちもまた、それが影絵のような背景としてあることは、公教育をはじめとする如何《いか》なる局面からみても間違いがないと考えていた。国破れて焼け野原となった国土に落とされた一粒の種は、その土壌でしか育ち得ないように……。

だが、そうした言い訳も、いまや僅《わず》かしか通らないことがわかりかけている。ぶざまな来し方を他のせいにするのは、裁判でいえば弁護人が言うだけいっておくという情状の部分にすぎない。それもやっと二、三割がた酌量されるのがふつうであるように、せいぜいその程度のものだろう。あとはみずからの責任に帰すべき部分であり、精進（努力）の足りなさや能力の限界その他、生来の（負の）要素も決して小さくはないはずだ。言い逃れは、死なずに生き延びるためには役に立ったが、いわば「悔い」の裏返しとして、みずからが生きた時代への「恨み」にも通じるものだった。自己の責任も大いにありながら、それを省みることもしなかった以前の悔恨と抗弁は、犬の遠吠えにも似て、みっともない負け惜しみだったともいえるだろうか。人として、まして仏門に居る者として、正しいものであるはずがない。釈尊の教えもまた、「いま（現在）」がすべてとして、過去に執着し、恨むことの非を告げている……。

「ぼくはハワイへ行ったことがないんだよ、アーチャーン」

と、私は水平線の辺りを眺めながらいった。

「日本人はハワイが好きじゃないの?」

「そう、みんな好きで愉しい旅をしている」

「トゥルンは好きじゃない」

「いや、好きでも嫌いでもない。ただ、行くチャンスがなかっただけだよ、アーチャーンにとっての海のように」

そういって、低く笑った。いつか行ってみたいとは思う。行って、真珠湾を見てみたい。

そういえば、ハワイとは方角が違うけれど、ブーゲンビル島もはるか南の彼方にある。かつて新生パプア・ニューギニアの高地を旅した際(キリスト教化されていく原住民の現実を取材するため)、最後に東海岸のラエを訪れて、叔父の亡骸《なきがら》が埋まっているはずのその島(水平線の彼方)へ向けて、掌を合わせたことがあるのを思い出す。同島で搭乗機が撃墜されて戦死した山本五十六(連合艦隊司令長官)は、密林の墜落地点をつきとめた隊によって遺体が収容され、後には国葬と相成ったのだったが。

海岸に接する一帯には雑木に覆われた旧日本軍の大砲の残骸、海岸には沈められた軍艦が錆び切った舳先《へさき》の一部をみせて荒波に洗われていた。その巨艦が沈没したせいで、それまでの海岸線がすっかり変わってしまったのだと、地元の人は教えた。それは戦後、日本が去った後もインドネシアの支配を受け続けた三十年ほどの間、最終組といってよい独立を果たすまでの変貌を物語るものでもあったろう。

そんな見学まで組んで月刊誌の企画外の旅をしたことで、会社（広告代理店）と約束した一ヵ月が一週間の予定オーバーとなったのだが、そのことは初めからわかっていた。当時、鹿児島空港とポートモレスビーを結ぶ便が週に一度であったことから、そのせいにしたのはただの言い訳にすぎず、一通の絵ハガキでもって事後承諾を得ようとしたこともまた、私自身の甘え、足りなさゆえであったろう。超過の一週間は、翌年の有休に回してほしいとか、はじめにいっておけばよかったものを、そんな知恵も勇気もない若造だったのだ。

出社した日、お前のような者はクビだ、と常務は宣告した。即座に、わかりましたと応え、一礼をして役員室を出た。さっそくデスクを片付け始めた私に、同僚たちは何があったのかと驚いて理由を聞いた。申し出のあった組合の仲介《たすけ》も断わり、黙って会社を去ったのは、嘘の言い訳をした後ろめたさがあったからだった。オマエノヨウナモノ、という言葉が背中に張りついて、当分は消えそうになかった。その前年に結婚したばかりの身でありながら、せっかくの三つ目の会社もそうやって辞めてしまうなど、たいそうな度胸であったが、そこにも賢くは生きられなかった、みずからの欠落があったことを思わざるを得ない。身重の妻が故郷へ帰り、出産した後も東京へは戻ってこなかった理由の一つでもあったにちがいない。以降、二度と宮仕えすることはなく（その資格もないことと、先々はモノを書いて食べていくほかはないという覚悟だけはしたのだったが）、まさに流転の歳月を過ごしたことを思えば、やはり異国へと落ちていったのは必然であったと納得するほかはない。

然り、すべては報いだったのだ。不善行為、行動の、人間不足の報いだった。が、そのことに気づくまで、何と長い時間を過ごさねばならなかったことか。

16

砂浜に沿った海辺を少し歩いて、左手に江ノ島がみえる石段に腰を下ろした。

久方ぶりの海の香だった。しだいに高みへと昇っていく太陽に染められた空には薄紅の雲がたなびき、海波はまぶしい光を帯びて静かに寄せている。地形は平坦だが浜はひろびろとして、西伊豆の町に負けることはない。街といい海といい、この先の鎌倉を含め、幾人もの作家が移り住んだというのは、モノ書きが恵まれた時代性のみならず、それなりの理由があってのことだとわかってくる。

「アーチャーンは、この海のような人だね。ひろくて静か。ぼくとはずいぶん違う」

私の言葉には、ただ微苦笑を浮かべて、

「比べるのはよくないよ、トゥルン」

　さりげない口調で返した。

　その通りだ。人と比較して優劣をいう習性が身についてしまっている。それをしなくなったとき、まっとうな人間として生きていける、いや悟りの最終段階にも残る煩悩──「慢（マーナ）」であるから、消すのは容易ではない。が、真理の教えは、やはり必要だ。それがなければ、私のような者はいまを、この時を両足で支えて歩くことすら危うくなる。

「アーチャーンと旅してよかった」

　私は、素直にいった。まるで十年ぶんを生きたような気がする、と。

「トゥルンはまだ新米僧《ナワカ》だよ。卒業まで、あと二年と少し」

「この旅が卒業旅行だね、それくらい勉強させてもらった」

　アーチャーンがまたほんのりと笑う。

　人はこのように生きるのが幸せ（「最も」がつくかどうかは別にして）なのだと思わせてくれた、それだけでも貴重な日々だった。自他とものために生き、人の尊敬を受け、戒を守って離欲を旨とし、常に心身の均衡を整えて日々を生きる……、僧といえどもむずかしいことだが、それだけに価値あるもののように思えてくる。

　それは、刹那の性の快楽とも対極にある、永続的な生の歓びといってよいはずだった。テーラワーダ僧が生殖行為を戒として排するのは、それなりの意味があるからだと、アーチャーンを見ているとわかってくる。人が、ひとりの人間として、どこに、いかなる価値と生き甲斐を見出せばよいのかについて、一つの解答を示唆するもの、と言い換えてもよいだろうか。それは逆にいえば、私が経てきたような波乱に満ちた人生などは幸せでも何でもない、ありとあらゆる「苦」に取り巻かれた、まさに（母が口ぐせにした）哀れをまとった人間のものでしかなかった。そんな気がしてならない。

「これでもう生きている間、海を見なくてもいいね、トゥルン」

アーチャーンが微笑んでいう。岸に寄せる波のような、穏やかな声音だ。

うらやましい、と私は胸のうちで呟いた。人と比べることの戒めを破って幾度も思ってしまうことがある……。異性との性格の違いや意見の対立から神経をすり減らすこともないし、子供を持つことによる苦悩や束縛もない。過去の失敗、過ちにこだわり、先々に不安を抱くこともない。人知れず抱える悩みや心配のタネとて、深刻なもの、悪夢にうなされる因となるほどのものは何もない。在家と僧同士、当然のごとくに支え合い、人間関係に煩《わずら》わされることもない。さほどの歓喜もない代わりに耐えがたい悲しみもない、感情のいたずらな起伏とは縁のない、まるで凪《なぎ》のような日々……、波乱万丈とは対極にある、まぎれもない幸福のカタチ……。

「そろそろ、帰ろうか」

江ノ島までまだ遠いところで、私はいった。お腹も空いてきている。朝食は用意するまでもなく、昨夜、U子が持ってきてくれたものが冷蔵庫にある。

「オーケー。ハワイはもう見たから行かなくていいね、トゥルン」

アーチャーンがほのかに笑って応える。

一応は海に満足してくれたらしいことに、私は安堵した。

17

アーチャーンを見送るために成田空港へと向かったのは、M宅を辞した後、東京の写真事務所でもう二泊してからだった。

出発の前日、今度は間違いがないようにと、JR田町駅のそば、地下鉄三田駅から成田空港第二ターミナルまでの直行電車の始発時間をしっかりと確かめた。早朝ゆえに、出入り口が違っていたり、エレベーターでホームまで行ける通路が込み入っていたりして、やはり相当な時間を要した。が、好都合にもそれがあったおかげで、最安値といえるルートで空港へと向かうことができたのだった。

まだ客足がわずかな車中で、アーチャーンがいった。

「ところで、トゥルン。チェンマイへは戻ってくるんだろうね」

いつか聞いたセリフが、また発せられた。あちこちに友がいる、在家と親しい私のことを心配していることは明らかだった。

「気づかいは寿命を縮める。いい人ほど命が短い」

私がそういうと、めずらしく声に出して笑った。

成田空港が近づくにつれて、客が増えていった。そろそろ出勤、通学時間が来ているためだろう。

カウンターでチェックインするまで、長い列に並んだ。タイ人の日本入国が十五日間に限ってノービザとなって間もない年、経済発展の恩恵を受けた人たちがどっと押し寄せるようになったからだ。ために、会社によっては安い運賃での飛行も可能になって、私たち仏弟子にも都合がよくなったといえる。僧は列に並ばせない、タイの徹底した習慣に馴れた身に我慢を強いねばならなかったほかは何の問題もなく、最後まで事もなく旅を終えたことに、私は安らいでいた。

出発ゲートまで来て別れるとき、

「次は、チェンマイでまた……」

私がそういって合掌すると、それより低い位置、胸の辺りで合掌（これが僧の位によるルール）を返したアーチャーンは、

「トゥルンは戻ってこない、という気がするよ」

またも心配を口にした。

俗世を見過ぎたせいだろう。西伊豆の社長の町にはふんだんにあった温泉へは行かなかったけれど、温い風呂があり、酒を飲む友がいる、会いたいといって来る女性もいる、きれいな山が、海がある、そして何より、アーチャーンも好きになった旨い日本の食品、料理がある。チェンマイへ戻ってこなくなる理由はいくらでもあるように思えたにちがいない。もっとも、それらは海外からの観光客の多くが一様に口にする、外面《そとづら》の魅力にすぎないのだが。

「大丈夫、きっと帰る。その前にアーチャーンが還俗《スック》することがないように」

そういうと、ほんのりと笑って、

「期待しないで待っているよ」

アニッチャー、といつものセリフをつけ足した。

＊

今回も一応は関西へ向かい、故郷へも帰って用事をすませるつもりだが、以前と状況はさほど変わっていない。息子とはメールと電話のやりとりをして、父が帰省する数日の間、母親はやはり留守にすることがわかっていた。

乳ガンの手術後、体力は順調に回復しており、再発の気配もまったくないという。日本の統治時代は横綱だったという実の父親の血を受けたのか、ひ弱だった母親とは比較にならない強さがあった。そのしたたかさは、闘病のさなかのみならず、私との関係も途絶させたまま、強情ともいえる頑固さでもって貫かれていて、その一切の和と許しを拒否する姿勢は、男女間の理解しがたい違いに加えて、生来の血の業のようなものなのかもしれない、などと思ってしまう。が、その執着の哀れさもまた、私という人間の存在によって生み出されたものであることを思えば、まずはこちらがその現実を受け入れて、寛容になることから始めるほかはないのだろう。お互いの後悔はやっかいな病にも似て、どちらか一方がそれを消し去らない限り、先々に事態が好転する目処《めど》すらも立つことはない。

いまや、遠い日の出来事になっているが……、ソウル郊外の町で、十歳ほど離れた兄と妹の邂逅《かいこう》があって以降、海峡を隔てた付き合いがめずらしい関係を歓迎する親族を巻き込んで続いていた。先ごろ、その兄は亡くなったが、息子たちが家族を持っていて、そのうちの一家がこの度、たまたま私の帰省に重なる形で日本へ遊びに来るという。兄の葬儀に出かけた折に世話になった母親は、ちょうどよかったとばかりに案内を買って出たそうだが、私を避ける目的にも適《かな》ったのだと、息子は電話口で笑いながらいった。

未だプレーヤーとしては小さな大会での賞金しか稼げないが、キャディの仕事や人にレッスンをつけるインストラクターとして雇われ、手作りパターの販売と合わせてある程度の実入りはあるという。私の言いつけを一応は守り、ゴルフの道で生きていく覚悟はしているようなのでひと安心なのだが。

考えてみれば、息子もやっかいな宿命を背負ったものだ。父と母が久しく離反し、何の保証もないゴルフというむずかしい、きびしい世界で生きていかねばならない。その意味では、私の場合にも似て、真っ直ぐな、事なき道をいくわけにはいかなかった、ということでもあるだろう。できることなら、すぐに会える距離にいて、いまこそ力になってやるべきなのかもしれないが、そうもいかないのはむしろ幸いともいえるだろうか。遠く離れている理由は息子なりにわかっているのがまだしもだ。私が出家した契機とも深く関わっているだけに、父親への気づかいだけは前回と変わらずにあるようだった。

先頃の電話で、私はこういった。

——父《とう》は、もうお前から何かをもらおうとは思わない。昔は、お前の稼ぎで左団扇《ひだりうちわ》みたいなバカなことを考えたけれど、お前はお前で何とか生きていくことだ。

心底からの思いだった。ましてや過剰な期待はしない。タイガー・ウッズになれといっているのではない。自分の可能なかぎりの力でもって、いまの世界で生き延びていくことを考えるように、と言葉を重ねた。

——大丈夫、いまのぼくは、ゴルフをやらせてくれたことに感謝してるから。

意外なことをいう。

本当にそう思っているのか？　問えば、道を逸れている間に考えたことだという。

——ふつうはできないことをやらせてくれた。いちばん貧しいジュニアだったけどね。高級車で子供を送り迎えするのがふつうの世界で、電車を乗り継ぎ、最寄り駅からバスがなければタクシーで試合会場まで行くのが常だった。コースへもたまにしか出られず、応援してくれる人の世話にもなりながらであったから、次第にやせ細っていく私の資金では、好きでなければとても続かなかったにちがいない。

もし、当時の私が斜陽ではなくもう少し豊かで、せっかく入ったシドニー・オリンピック跡地にできたスポーツ大学を中退ではなく出してやっていれば、また違った展開があったはずだという後悔にも長く苦しんだ。アマで優勝を重ねてきた跡をみて、もうプロになれるだろうという判断自体は間違っていなかった。十八歳時に地区予選での優勝からトップアマとして全豪のオープン試合に出たときは、日本の少年がこんなところに、とめずらしがるアメリカのＴＶ班からも取材の申し込みがあるなど、メルボルンまで駆けつけた甲斐があったと誇らしい気持ちにもさせてくれたのだったが……。

ゴルフが庶民のスポーツとしてある豪州だからこそ支えられていた母子の生活も、五年が限度で資金が続かなかった。不可欠だった車などは祖父（私の父）が買ってくれるなど、身内の援助を受けてやっと成り立っていた。早くプロになってラクをさせてほしいという焦りがあったことを思えば、やはり私のモノ書きとしての没落と歩調を合わせていた、といまは思える。たまさか一時的に豊かになって、身のほど知らずの高価な（わが国では）

スポーツをやらせたことがすべての始まりだったが、救いとなる取り柄も少しはあっただろう。

守るべき沢山のルールがあり、過少申告の絶対禁止や同伴プレーヤーとの関係性など、人づくりには格好のスポーツだという思いがそれをやらせることにした理由の一部にはあった。実際、見に来た親の重圧からか、スコアのごまかし（過少申告）をやる同じ組の子を見て悩んだジュニア時代、そういう不正だけはやらないことを誓わせるなど、それなりの教えは身につけさせたはずだ。が、それもある程度にすぎず、とても十分とはいえなかった。


——ゴルフというのは奥が深い。いろんな意味で、やりがいのあるスポーツだよ。ゴルフ場が多すぎることは問題だが、それはゴルフの責任じゃない。

そういって笑ったが、正直な思いだった。その勃興、隆盛への偏った動機、会員権売買の経緯、すべてが戦後日本の経済至上主義とその盛衰を映していた。そこにあった数々の不善、天井知らずの欲、自然破壊……、あげくに、あれはスポーツではない、などと豪州では考えられない的外れなことを言い出す輩《やから》まで現れた。そこにも因縁は数知れない。

——あのままプロ・ゴルファーになっていたら、いま頃は逆につぶれていたと思うよ。十年の間、ジュニア時代に酷使した身体もよく休められたしね。

——すると、道を逸れていた時間もムダではなかったか？

――たぶんね。

それ以上はいう必要がなかった。息子は息子なりに親のあずかり知らないところで物事を考えていた。親があれこれと気を煩《わずら》わせたところで何の意味もない、無駄なことだった。その囚《とら》われのために、一体どれだけの時間をいたずらに費やしてきたことか。

少しラクになりたい、と私は思った。すっかり自由になることはできないにしても、無用の束縛はもう受けない。息子は息子で生きていく。私は私なりの余生を過ごすことにしなければ、この先を意義あるものにできるはずもない。

これからは、常に親子の距離を十分に、何があってもうろたえることはない覚悟をもって保っておく。関わりは必要最小限にして、別個の人間として考える。一喜一憂の起伏ある情を抑え、ただその無事だけを祈りながら、静かな凪《なぎ》に一艘《そう》ずつの舟となって存在すればいい。それもアーチャーンと旅しておぼえた思いの延長だったが、正しい親と子の関係であるはずだと改めて自覚を強いた。

――お母さんのことだけど。

忘れないうちに、いっておきたいことを私は告げた。火宅《かたく》に手足を入れて火傷《やけど》を負うようなことはしない、と胸のうちで呟きながら、

――しかたがないこととして、いまはそっとしておく。時間が経てば、また心境に変化があるかもしれない。しかし、母子の関係、絆は太いものだから、それと父との関係は別

に考えてほしい。そうやってここまで来たけれど、これからもそのつもりで……。

——母のことは放っておいていいよ。ぼくにもわからないところがある人だから。

放っておけ、という言葉が息子から出たことに、私は安堵した。触らないでおくことに同意を得たというのだろうか。数少ない取り柄の一つ、父と子の関係だけは、元妻の側にいる子供たちと同様、この先もどうにか保っていけそうな気がした。


そうだ、帰りにバンコクへ立ち寄って……と、合掌を解《と》いて見送りながら私は不意に思った。アーチャーンがまずはバンコクへ飛び、そこで友人のいる寺に何泊かしてからチェンマイへ帰ることを知っていたせいだったか、私もかつての、なつかしい場所があること、そこを再訪してもいい歳月が経っていることを感じたからであった。

帰りの航空券は、まだ買っていない。いくつか、やっておかねばならない用事や、ご無沙汰をしている人たちに会うなど、帰省も含めてすませるまでの日数を計算してから、関西空港発バンコク行きのそれを予約するつもりだった。

アーチャーンには、それによってチェンマイ帰着の日を伝えよう、と思う。思いついた計画——、古巣のアパートメントを再訪するという用事は数日ですむはずだった。

18

二時間の時差のおかげで、まだ夜は浅かった。

ドンムアン空港からタクシーで古巣のアパートへ向かい、そこで土産をふくんだ旅装を解いた。日本から落ち延びてきた日、そうとは知らず親切にもてなしてくれた女主人は五年前に亡くなっていたが（その葬儀や流骨式の日々はまだ在家の頃だった）、私がその遺言を受けて二年余り日本語を教えた息子のM君は元気に会社勤めを続けていた。一人いる姉のK嬢もアメリカ留学を終えて帰国しており、達者な英語で再会を喜んだ。私が住んでいた頃は、女主人とともに二度まで日本を案内したもので、一度は西伊豆の社長のところで、やはり海の光景に感動したのだった。

ほとんど変わらないスタッフも歓迎してくれて、オーナーの主人などは、今年が三回目のパンサー期だったというと、よく頑張るね、などと返してきた。タイ人には短期出家者が多いためだろう。

そこで過ごした十年余りの歳月は、私にとって、さらなる苦境への道を敷くことになる一方で、親しくなった日本老人をはじめ（この度の旅で世話になったMもそうだが）数多くの出会いをもたらすなど、ある種の恩恵もまた与えてくれたのだった。親日家の女主人のお陰で故国とのパイプも保つことができたし、何はともあれ目上の高齢者を労《いた》わる人々との触れあいがなければ、とてもそれだけの年月を過ごすことはできなかったという、以前からの思いに変わりはなかった。ただ単に生活費が安くつくという経済的な理由だけで暮らしていたのではない、落人《おちうど》を支える最低限の取り柄はあったのだ。出家して二年半余りが経ったいま、そのことを一層よくわからせてくれる。なつかしさの余り、再訪することにためらいがなかったのは、不愉快な出来事も数ある一方で、そうした好ましい記憶のせいだったにちがいない。

前もって宿泊代を払おうとしたが、布施《タワイ》と称してとってくれなかった。

＊

翌朝、六時半すぎ、私はアパートから予定通りの托鉢に出た。

幸いにして、鉢《バート》は、まず日本でやることはないだろうが（東京の築地市場あたりを歩くと魚を入れてくれるという話もあったので）念のため、アーチャーンのすすめもあって、中に細々《こまごま》としたもの、日用品を入れて持参してあった。それを旅行カバンから取り出し、両手に抱え持って部屋を出た。

テーラワーダ仏教では、全国どこにいても、僧である以上はそれができることになっている。めざした先は、アパートの裏手、一軒の屋台カフェーのある通りだった。鉢を正面に抱え、いつものように一歩ごとの（裸足の）足元に気をつけながら。

かつては在家として、ほぼ毎朝、店が休みのときを除いて五年ほども通いつめた店がいまもあるかどうか。あってほしいと願いながら、すでに車の往来も多くなりつつある通りへと出ていった。

近場にある寺院から僧たちが現れるのも、その頃合いである。道沿いには、僧への布施の品々を皿ごとのセットで売る露店などがすでに店開きしていた。そこで待つ幾人かのそれをいただきながら、目的の店がすぐそばの街角に来たとき、女主人の姿が店の真向かい、通りを隔てた露店のそばにみえた。揚げパン《パトンコー》や菓子類などを売る店で、ここの人たちと女主人は以前から懇意にしていた。

知らぬふりで近づいていくと、ふだんは見馴れない僧姿《ループ》が私であることに、彼女はふと気づいた。はじめは目を見張り、何ともいえぬ驚きの表情を浮かべたものだ。次の瞬間には、慌《あわ》てふためくように通りを渡って店へ戻ると、コーヒーを淹《い》れにかかった。

その間、言葉もない。ただ、かつてそうであったように、あまり甘くしないコーヒーを作り終え、これも以前と同じ、小ぶりのテーブルに腰を下ろした私の前に置いた。そして、やっと口を開いたのだった。

――チェンマイへ引っ越すとは聞いていたけれど……と、まずは興奮の口調で問いかける。然《しか》り、そこで出家するとは、告げていなかったのだ。当時は、まだ出家式に必要なパーリ語の経も憶え切ってはいなかったし、入門不合格となって舞い戻ってくるかもしれなかったからだ。

話が進むと、また思いが込み上げるらしく、涙さえ浮かべる表情からは、うれしいばかりの心の内がヒシと伝わってきた。この国では、出家というのはまぎれもない事件であることを、そのときほど実感したことはない。敬虔な仏教徒として、僧よりも厳しいくらいに一日一食を守り、日々のタンブン（徳積み）を欠かすことがなかった女主人と出会うことがなければ、また、その店から朝の托鉢風景を眺めることがなければ、おそらく僧にはなっていなかっただろう、と今さらのように思った。

女主人にとっては、私がどのような心情から出家したのか、そんなことは関係がない。どうでもいいことであることも、よくわかってきた。私が僧姿になったこと、それだけで十分であって、理屈はいらない。無条件でオーケーなのだ。

日本での仕事の行きづまり、経済的困窮をきっかけに異国へと逃れ落ちて、そこでもまた最後まで浮上できずに一つの選択をなした、その辺の経緯《いきさつ》もまた、どうだってよいこと、つべこべいう必要など、どこにもない。いま、この瞬間にある姿がすべてであって、過去などは問う意味もない。とにかくよかった、これ以上の再会はない、とでもいいたげな女主人の様子は、それまでの私が未だ引きずっていた、あれこれの悔恨と、いまこそ決別すべきことを告げていた。

その間にも、私の黄衣姿《こうえすがた》を目にとめた人たちが次から次と献上品を持ってやって来た。なかにはかつて顔見知りだった人もいて、女主人と言葉を交わしながら、今日はおもしろい日だという顔をしてみせる。親しくしていた年増の占い師などは、折よくやって来ると、感激の余り目を潤ませて大枚を鉢に入れてくれるし、あまり口をきいたことのない人までが品々や紙幣を持って微笑《ほほえみ》顔で近づいてきた。

その度に立ち上がり、二段ほどある路上に降り、ひざまずいて掌を合わせた相手に向かって、いつもの「祝福の経《アヌモータナー》」をくり返す。

〝サッピーティヨー　ウィワッチャントゥ　サッパローコー　ウィナッサトゥ　マーテーパワッ　ワンタラーヨー……（あなたがあらゆる凶兆《きょうちょう》や危害から逃れていられますように。すべての病があなたから去りゆきますように……）〟

声がつまり、時に途切れて、やっと唱え終える始末だ。締め括りには――

〝アピワー　タナ　スィーリッサ　ニッチャン　ウッタパチャイノー　チャッタロー　タンマー　ワッタンティ　アーユ　ワンノー　スッカン　パラン……（〈親をはじめ〉年長者に敬意を表す者には、四つの法の恩恵が与えられる。それは長寿〈アーユ〉、美〈ワンナ〉、幸福〈スッカ〉、力〈パラ〉である）〟

かつて、同じ路上で眺めた僧姿にいまは自分がなっている……、そのことに、不思議な縁と言い知れない感慨をおぼえた。僧になって救われたのだという、生涯でたった一つの絶対的に善い選択だったという、本拠のチェンマイにおいてもしばしばの呟きが改めて胸に落ちた。それだけは、心底で動かぬもののような気がした。

さらにまた、その再会によって、私はみずからの内にあった、風の吹く洞《ほら》が何であったのか、何ゆえに性《たち》のわるい寂寥《さびしさ》をおぼえていたのかがわかったような思いに浸《ひた》されていた。それは、人の幸福とは何か、自他ともの幸せとは……という問いに対する回答がなかったことによる虚《むな》しさにちがいなかった。幼少年期からの来し方に不可欠でありながら立ち止まって考えることもなく放置した、その欠落（足りなさ）を埋める答えをいま、やっと手にできそうな心地だったか。

むろん、そうといえる時間や場面はいくつもあったのだろうが、その自覚も確信もなく、ましてや掌《て》を合わせて感謝することもせずに過ごしてしまったのだ。人から温情や手助けを受けながらそれに十分に応えようともせず、他人の成功を喜ぶどころか嫉妬して自我を優先させてきた。若気の至りで喜怒の振幅ばかりを大きくし、心の静けさとも無縁だった。たとえモノ書きになっていなくても、あきらめて別の職に就いていても、お前のような者は、同じような煩《わずら》いと悩みを背負う波乱の道を辿っていただろう。人の一生は「苦」に覆《おお》われている、とはいえ一方で、だからこそ救いとしての幸福を見出していくことの大事さと、そのための法をブッダは説いた。そんな仏法の存在すら知らず、ゆえにそれが非とするものに気づくことなく、齢《よわい》ばかりを重ねてきた。洞に吹く風の正体は、突きつめれば、そういうことだったという答えが返ってくる。

　人生という名の旅の路上で、踏んだり蹴ったりの舞台からみずから飛び降り、幸運にも命だけは絶たれずに生き延びて、今度の敵は自分自身というまったく別の舞台にめぐり逢った。そしていま、昨日までは思ってもみなかった瞬間に出逢ったことで、人間としてもう一度生き直すことができる方途《ほうと》を見つけたような歓びが、風に替わる波となってひた寄せてくる。やっと重すぎた荷の、古びて腐臭を立てる中身を入れ替える目処が立ちそうな気がした。生まれながらのものも、戦後社会や家庭環境によるものも、すべてが反映しているはずの全人格を、現在《いま》に至るまでの自分自身を厭《いと》うことなく引き受けて、そのうえで新たな出直しを誓うことでしか、それを成し得ないこともいまや確信となっている。

　余生がどれくらいあるのかはわからない。時間が足りないかもしれない。が、現世の不善行の報いを十分に受けたいま、今後はそれを償《つぐな》う術《すべ》を見出さねばならない、と思う。あれこれの言い訳は、それがなければ自死もあり得た役割を終わらせて、多くの失敗や過ちを埋め合わせるに足る何かだ。過去の不善を善で埋めていかに差し引きゼロ以上にできるかという、むずかしい問題だともいえる。が、多少の幸福なるものも、その道にしかないことはいまや問うまでもない。それを何とかしないうちは死ねない、と胸のうちで呟いていた。

托鉢に始まる日課がそうだし、膨大にある仏法の学びもそうだ。その実践は未だ不完全だが、受けた教えの伝達や、いくらかは人の世のためになることなど、僧の役目に適《かな》うこともあるだろう。来し方において、愚かしくも為《な》してしまったこと、足りなかった部分のすべてが埋め合わせの対象になる。

そうすることで、俗世に残している難儀な事々《ことごと》も、むろん今後も起こり続けるはずの問題も、解決できる知恵がついてくるかもしれない。残された時間を無駄なく有効に使うためにも、そして、あわよくば天職をまっとうした父母のような最期を迎えるにも、それがどうしても必要になってくる……。

それやこれやの意味を含めて、まさに人生のやり直しともいえる「償い」が始まっているのだと教えた、旅の終わりにふさわしい出来事であった。

あとがき

近ごろ、みずからの過去は「影」のようなものだと感じます。

それはおよそ愉しいものではなく、苦い、不愉快な記憶がほとんどで、以前はそれを悔いてばかりの日々でした。が、月日を経るにつれ、仏法をさまざま学んでいくなかで、後悔は不善心であり、排すべきものとされていることからも、確かに無益な徒労であることを認識するに至ります。

文中では、みずからの影のさまざまな様相を、アーチャーンとの旅の合間に挿入する形をとっています。人は、その過去と無縁になることはできません。それは、まさに影を引きずるがごとしで、ムリに断ち切るのはみずからの命を切り落とすようなものでしょう。人間に記憶という装置がある以上、それは避けがたいものであると自覚しながら、同時に善心としての回想でなければならないと知ることが大事だと思うのです。どれほど苦い記憶であっても、回顧の仕方によって益のあるものに変えることができるならば、それもまた仏法にいう善心の一つというものでしょう。

ただ、言うはやすしで、私自身、過去への「悔恨」から自由になるのは長い歳月を要するものでした。文中では述べ切れなかったこと、割愛したこともあり、しかし、それらも本質的には「戦後苦」(私の造語)と称したものに集約されていきます。学生時代に反体制運動をやったわけではないし、一部の過激なテロには断固反対ではあったけれど、それとは別の観点から戦後の日本には問題が多すぎるとの思いを抱いてきたことが、もう一つのテーマとしてありました。

実際、この前の戦争の罪深さは、直接の犠牲者については当然ながら、むしろ生き残った者のほうが膨大な数の「苦」をなめたという意味で、まさに「戦後」にこそあるというのが私の見解です。団塊世代はその初っ端にいて、間接的な戦争体験者としてそれを語り伝える義務があるという思いから、あえて身内の例を引き合いに出したのでした。そうすることで、私という人間がどのような命運を辿ったのか、さらには公教育等の戦後社会という背景のなかで、どのような影響を受けながら生きてきたのか、そのことを描き、解き明かしてみたいという思いがあったのです。

また、大敗戦後の占領時代に端を発する後遺症は、間接的体験者である私たちの世代をも巻き込んでいく、そしてそれがまた子供たちの世代へと受け継がれていく、という現実を見過ごすわけにはいきません。GHQの施策については、むろん三分の温情はあったとみることもできるでしょう。つまり、それは焦土の経済復興と天皇制の存続を曲がりなりにも認め、連合国(主な戦勝国)による分割統治案を蹴って列島がズタズタにされることを免れさせたこと等、いくつかの意味でのみ成り立つ論であり、わが国の伝統としてある文化や精神性を法制改革や施策でもって根底から覆《くつがえ》したという意味では、まさに病巣を遺したというべきで、それがいまに続いているわけです。ひと頃は年間三万人を超えた自死の問題なども、個々の責任を問う以前に、人の心を苦しめてきた戦後社会がその背景としてあるという気がしてなりません。

私がこれまで世界をほうぼう(若い頃から数えると五十ヵ国ほどになるのですが)歩いてきて、同様に根深い問題を抱えた国はどこだろうかと思いを巡らせば、列強に植民地化された国、という答えが真っ先に浮かんできます。その痛手の大きさは、本来の文化や民族性はむろん土壌すらも変えられてしまった例もある悲惨なもので、独立後もその禍根《かこん》が深く刻まれていることに気づかされたのでした。

わが国の場合、敗戦後の占領時代は七年余りであったとはいえ、その間になされたことが、未だに憲法改正が論じられるように、多くの問題の根源にあることを思わざるを得ません。文中では、その主なものだけを、とくに戦後日本人の精神性の問題に集約して述べるにとどめています。それはくり返すまでもなく、本来の土壌から根こそぎにされた樹木の後には代替《だいたい》として何も植えられなかったことの影響であり、散々な目に遭った被植民地国になぞらえてよいほどのものであったという思いがあるのです。

近年、わが国の公教育の場に「道徳」なるものが教科として設けられたようですが、タイの場合、僧が教育現場(その昔は寺院が学校)に復権を果たして半世紀余り、ようやくその効果が目標とされた青少年の犯罪や校内問題の減少となって現れてきたという話（アーチャーンによれば）であり、特定の宗教ではない官製道徳の先々はまったく予断を許さないといったところでしょうか。むろん、すべての問題（あるいは責任）が戦後社会や教育環境にあるのではなく、またGHQの施策にあるのでもないことは、文中で述べたもろもろの事柄から理解していただけると思います。

ただ、この前の戦争についてはほんの少しばかり言及したにすぎず、中途半端に終わってしまっています。深入りすれば、本題から大きく逸れてしまうのでやむを得ないとすべきでしょう。が、まさに釈尊の唱えた「一切皆苦《いっさいかいく》」がうなずける戦後苦に染められたのが身内ほか私を育てた環境のすべてといってよく、生涯のテーマにもなっているので研究を続け、いずれ何らかの形にしたいと考えています。

総論をいえば、人間にとって最も必要であるのは、信を置くべき拠り所、いわば哲学や宗教心のようなものであり、それが大いに希薄であったことの重大さを、私自身の来し方に照らして考えてみたのでした。私の両親や伯母、姉たちがすべて教育関係者であったことが、人とは違った見方、価値観をもたらす因であったかもしれず、異論をはさむ人もいるはずです。戦後の社会環境において、とりわけ教育なるものがいかに人間を育て、あるいは深刻な問題を招くものであるかを見聞してきたことが背景にあることは間違いのないところです。

むろん、そこにも自己責任の部分が少なからずあって、言い訳もほどほどにしなければ、仏法が非とする極端な反体制の、反米のテロリストにもなりかねません。第二の旅の最後に、そうした思いを総決算的に記す機会を得たのでしたが、実に人の世の巡り合わせ、その因果、因縁の不思議さ奥深さは、文中で再三くり返したように、私自身の人生そのもののような気がします。

また、文中で触れた「悟り」には、瞑想（ヴィパッサナー＝マインドフルネス）なるものが関わってくるのですが、それをやる予定の当初の（西伊豆のお寺）計画が頓挫したこともあり、別の機会に（私の他の書きモノに）必ず、と考えています。この書では紀行の意図を逸れて異質のものとなるため、割愛することをご了承いただきたいと思います。

加えて、その他の仏法についても、例えば「戒律」の中身や悟りの階段《ステップ》の指標ともなる「煩悩」の話などは、あまりに説明的になるため、文脈に関連するものだけを記すに留めています。これも瞑想とともに、他の書によって不足を補完しなければなりません。

全体を見渡せば、はじめに予想した通り、雑然とした内容になってしまったようです。旅そのものがそうであったように、私自身の「影」——来し方をめぐる追憶の旅もまた二重写し的に「遊行」するのが自然であったのでしょう。また、二つの旅における私自身の思いを表す記述のなかで、同じような意味合いの語彙《ごい》や表現があると思いますが、とくに大事な部分、強調したい話の念押しととっていただけると幸いです。

共に旅をしたアーチャーンはその後、日本での思い出をアルバムにして、よい経験をさせてもらったとくり返し口にするほどで、そういった善い回顧には傍にいて感動をおぼえます。つい先ごろも、トゥルン（老僧）とスマホを手にして呼ぶので、何をみせるのかと思っていると、保存してある奈良、京都の写真集でした。東京は人が多いので、もうけっこう、ナラがいい、ナラへまた行きたい、と。いずれ再訪する日が来るのかどうか、それも老僧《トゥルン》の命が続けば、ということになりそうです。

実のところ、その後の歳月において、アーチャーンの身にも転変があり、これもラーンナー王国時代からの古寺へ、在家からの要請があって移籍することになります。今度は、副住職ではなく住職として、廃寺となるところを救うべく抜擢されたのでした。その移籍に私も誘われて同行することになったのですが、歳も四十を超えて適齢といってよい出世を祝福するために（パヤオ県からチェンマイへ）やって来た母堂は、その数日後にこの世を去ることになります。やっと三年越しのコロナ禍（騒動）も終息に向かい、鎖国状態の国が県境や国境を開放して一息ついたのも束の間の出来事でした。

まさしく無常の日々に、私もまた、一時は僧院生活に限界を感じて還俗を考えていたところ、そのようなアーチャーンを残して去ることに一抹の寂しさをおぼえて留まることにします。ただ、副住職になってほしいという願いだけは、そんな分際《ぶんざい》ではないうえ、そうなればもはやふつうの老作家に戻って人生のラスト・ランを過ごせなくなるような気がして、断わり続けることになります。

いまやテーラワーダ仏教は決して安泰とはいえず、チェンマイにおいても廃寺のほか、住職がいないとか、あるいは僧がいない（老住職だけ）といった寺がいくつもあり、しかも熱心な在家は高齢化してどんどん減っていくというきびしい状況にあります。いまの寺もまた、健全な運営に戻すには住職ほか数少ない僧にとって多くの難題が待ち受けていま す。その辺のことはまたいずれ、機会があれば、ということにしたいと思います。

私としては、本書が他山の石として、それぞれに困難を伴う人生における何らかの参考になるなり、いくらかの共感を得られる部分があるならば、それで十分だろうと考えます。すでに七十代の半ばを迎えて、これを機に書きつけていく私の仏教関連のモノは、すべてこれが最後の作になることを覚悟した、ある種の遺言にも相当するものになるだろうと思っています。

身内その他を巻き込むことになった私事における、あれこれの事柄、顚末については、当人たちから不満と不愉快の声が聞こえてきそうですが、文中に記した故郷の叔母（父の末妹）に会った際、そこで語られた、問題のない家はないという話を引き合いに出せば、誰にでも多かれ少なかれある人の世の苦、難事《なんごと》の範囲内といってよいはずです。その辺は、とりわけの関心や偏見を離れ、ゆるく寛大な眼で眺めていただければと願う次第です。

最後に――、長い年月にわたって本書の内容とつき合っていただいた佼成出版社の村瀬和正氏と、直に編集の労をとっていただいた同出版社の黒神直也氏に、こころからの感謝を申し述べます。また、このようなご縁の橋渡しをしていただいた、長年の知己で大学の先輩でもある法昌寺（台東区下谷）の住職で歌人の福島泰樹氏に、感謝と敬意を表したいと思います。

そしてその他の、本書に登場する知人、友人たち、あれこれの出来事に関わってくれた国内外の人たちへ、今後とものの安寧と幸福を祈願するばかりです。

合掌

二〇二三年（仏暦二五六六年）雨季　パーンピン寺僧房にて

笹倉　明

（プラ・アキラ・アマロー）

笹倉明（ささくらあきら）

作家・テーラワーダ僧

一九四八年兵庫県西脇市生まれ。早稲田大学第一文学部文芸科卒業。八〇年『海を越えた者たち』（すばる文学賞入選作）で作家活動へ。八八年『漂流裁判』でサントリーミステリー大賞、八九年『遠い国からの殺人者』で直木賞（第101回）を受賞する。主な作品に、『東京難民事件』『海に帰ったボクサー　昭和のチャンプ　たこ八郎物語』〈電子書籍〉『にっぽん国恋愛事件』『砂漠の岸に咲け』『女たちの海峡』『旅人岬』『推定有罪』『愛をゆく舟』『超恋愛論』『雪の旅─映画「新雪国」始末記』〈電子書籍〉『復権　─池永正明三十五年間の沈黙の真相』『愛闇殺』『彼に言えなかった哀しみ』等。近著に『出家への道─苦の果てに出逢ったタイ仏教』『ブッダの教えが味方する　歯の二大病を滅ぼす法』（共著）『老僧が渡る　知恵と悟りへの海』（Web〈つなごうネット〉連載）、『山下財宝が暴く大戦史』（復刻版）『詐欺師の誤算』がある。二〇一六年チェンマイの古寺にて出家し現在に至る。

ブッダのお弟子さん　にっぽん哀楽遊行

タイ発――奈良や京都へ〈影〉ふたつ

2023年11月30日　初版第1刷発行

著　者　笹倉　明（プラ・アキラ・アマロー）

発行者　中沢純一

発行所　株式会社佼成出版社

〒166-8535　東京都杉並区和田2-7-1
電話　(03) 5385-2317（編集）
　　　(03) 5385-2323（販売）
URL　https://kosei-shuppan.co.jp/

印刷所　錦明印刷株式会社

製本所　株式会社若林製本工場

◎落丁本・乱丁本はお取り替えいたします。

ISBN978-4-333-02911-2　C0095　NDC188/292P/19cm